Der Anfang

Urlaub ist so ein typischer Begriff, den so viele Menschen völlig verschieden assoziieren.

Für den Einen bedeutet Urlaub einen möglichst steilen Berg zu erklimmen und am nächsten Tag einen noch steileren. Ein Anderer findet Gefallen an Mountainbike-Touren, quer durch Mallorca. Der Nächste bevorzugt es, sich aus einem Kleinflugzeug zu stürzen und die Reißleine zu ziehen.

Manche Familien wählen einen Fitnessurlaub mit viel Ertüchtigung, Schweiß und zur Belohnung Yoga. Danach kommt die makrobiotische Kost.

Urlaub heißt für mich nahezu Unbeweglichkeit allen Dingen gegenüber, die mühevoll sind oder gar Arbeit machen. Chillen, chillen und nochmals chillen.

Auch bedeutet Urlaub Luxus für mich, mindestens ein 5-Sterne-Hotel, natürlich fabelhafte neuwertige Zimmer, herrliche Betten (King Size), großer Fernseher, Balkon mit Meerblick.

Ein Bad, das zum Verweilen einlädt, mit extra Spiegel für jede kleinste Hautunebenheit, Föhn und der weiße Bademantel mit weißen Pantoffeln.

Auf dem einladenden Bett sollte ein schneeweißer Schwan aus brandneuen Handtüchern gebunden sein, drum herum gestreute frische rote Rosenblätter.

Die Minibar sollte alle Leckereien, flüssige wie feste, beinhalten, natürlich eiskalt.

Das Zimmer dient nur dem Schlaf, dem Duschen und anderen Nettigkeiten.

Ganz wichtig für den perfekten Urlaub ist für mich das Essen, die Vielfalt der angebotenen Speisen und der entsprechenden Restaurants im Haus. Ein gepflegtes und gut betreutes Buffet mit appetitlich anmutenden, hochwertigen, frisch angerichteten Speisen, am besten morgens und abends. Das Abendessen sollte einem großen Event gleichen.

Es dürfte eine Hausordnung für Abendgarderobe gelten.

Der Poolbereich sollte fast leer sein und das Wasser schön kalt.

Ja, so sieht ein Wunschurlaub für mich aus.

Wäre da nicht mein Mann, der meine Wünsche schon viele Jahre, leider etwas unglücklich, respektierte.

Mein Mann passt eher in das Ranking vom Flugzeug abstürzen und die Reißleine ziehen oder Mountainbike-Touren. Er zwang mir zuliebe über Jahre seine unruhigen Glieder zwei Wochen im Urlaub, meistens auf den Kanaren, einzuschläfern.

Für ihn war es blanke Tortur, nichts zu tun. Er, der im Alltag so viel Energie hatte, dass er jeden Tag 10 Stunden auf dem Bau arbeitete und danach noch zum Sport ging.

Seinen stetigen Drang im Urlaub etwas zu tun, befriedigte er in den spärlichen Fitness-Clubs der Hotels, oder er ging am Strand joggen. Aber er hasste es, hasste es jedes Jahr ein Stückchen mehr.

Dann der letzte Urlaub in Teneriffa, in einem brandneuen fünf Sterne Hotel, für einen Rabatt-Eröffnungspreis. Wir hatten nicht daran gedacht, dass dieser Rabatt in der Nebensaison auch vielen Familien aufgefallen war. Denn obwohl wir außerhalb jeglicher Schulferien gebucht hatten, hielt das die Familien mit ihren lieben Kindern nicht ab, auch zu buchen.

Das Hotel war außer Frage in seiner Anmutung wunderschön, mit pompöser Eingangshalle aus Marmor, stilvollen Möbeln und imposanten Kronleuchtern ausgestattet. Die üppigen Samtsofas, in Farbe und Form sehr stylisch, luden in der Eingangshalle zu einer kurzen Rast ein. Überall standen auf kleinen Tischchen einladende Glasterrinen mit köstlichem Gebäck.

Im einladenden Hauptrestaurant waren mehrere Buffets verschiedenen Themen angeordnet.

Zum Beispiel "Bella Italia" – bei diesem Buffet gab es italienische Köstlichkeiten – oder das "Persische Schiff" – bei dem arabische Speisen angeboten wurden. Das war kreativ gestaltet, doch in der Umsetzung des großen Speisesaals unruhig und laut. Man hörte Stimmengewirr und laute Besteck- und Tellergeräusche in jeder Ecke. Es fühlte sich an wie der Lärm in einer riesigen Mensa einer großen Universität. Zudem fand man auf die Schnelle keinen Sitzplatz und das Personal war heillos überfordert und rannte einem über die Füße. Die Angestellten waren noch nicht eingearbeitet in dem großen Haus.

Genauso war es im Poolbereich. Dort gab es drei verschiedene Pools und ein großes Kinderbecken. Leider war die Fläche um die Pools herum sehr eng. Die vielen Liegen mussten sehr dicht aneinandergereiht werden, um den vielen Menschen Platz zu bieten. Die Liegen waren ausnahmslos alle ab 8 Uhr morgens belegt. Ein Grauen.

Ich hatte meinen Mann angehalten, morgens um 7 Uhr "schnell mal runter zu laufen" und zwei Liegen zu reservieren – ja genau, um zu reservieren. Das klingt wirklich bescheuert und ich hasste es. Aber ohne Liege war es richtig doof. Also gut, mein Mann hatte sich den Wecker gestellt und war halb ohnmächtig mit schiefem Kopf in den Poolbereich geschlurft. Er hatte sich seinen großen Sonnenhut aufgesetzt, da er noch ungekämmt war und vor allem, dass ihn niemand bei dieser peinlichen Prämisse erkannte.

Er legte zwei alte Tageszeitungen auf die Liegen und ein Handtuch von uns privat, dann noch eine leere Sonnencreme-Tube.
Man musste schon mit System vorgehen, sonst würde das Personal die Liegen geräumt haben, denn reservieren war offiziell verboten. Viele Hotelgäste hatten am Poolbereich immer die gleichen Plätze, fast so wie im VIP-Bereich. Ganz vorne, erste Reihe. Die mussten quasi schon um 6 Uhr morgens ihre Liegen reserviert haben. Durch die große Anzahl von Gästen war es in den Pools sehr unruhig und überfüllt. Die Kapazität der Pools reichte nicht für so viele Menschen. Das Wasser war nicht gerade erfrischend, denn es roch durch die hohe Anzahl an Kindern manchmal verdächtig nach

Urin. Das war nun wirklich das Gegenteil von Luxus.

Der Strand für dieses Hotel war ebenfalls so stark frequentiert, dass wir beschlossen, mit dem Mietwagen weniger besuchte Strandabschnitte zu entdecken.

Doch Auto fahren ist in Teneriffa ebenfalls kein Luxus. Die Straßen sind eng und Parkplätze gibt es so gut wie nie. Wir gerieten in diesem Urlaub ganz schön unter Stress und erhielten zu allem Übel noch einen 300 Euro teuren Strafzettel. Entsetzlich fand mein Mann auch, wenn Urlaubsgäste spät in der Nacht auf dem Balkon rauchten, besonders wenn der Rauch dann in unser gut gelüftetes Zimmer zog. Oder wenn man draußen noch bis zum Morgengrauen irgendwelche Gespräche und Gelächter vernimmt, wenn man versucht einzuschlafen.

Eines Tages sprach mein Mann davon, dass er es satthabe, diese Massen von Menschen in einem Hotelbetrieb zu ertragen. Er wolle im Urlaub Ruhe haben, einen eigenen Sitzplatz und eigene Liegen. Zum ersten Mal fiel das Wort

Camping. Meine Nackenhaare sträubten sich augenblicklich. Camping, oh nein, nicht mit mir, das bin nicht ich. Sofort kamen mir schreckliche Visionen zutage. In Gedanken sitze ich auf einem Campingplatz vor unserem Hänger, und ein etwas verwahrloster Nachbar mit Löchern im Unterhemd setzt sich mit seiner Bierflasche zu uns an den Tisch. "Hallo, ich bin Herbert", danach rülpst er erst mal gemächlich und trinkt einen großen Schluck aus seiner schon halb leeren Bierflasche und raunt: "Zwischen Leber und Milz passt immer ein Pils, flüssig Brot macht Wangen rot." Danach lacht er schallend über seine hohlen Witze.

Schnell schüttelte ich diese unschönen Gedanken beiseite. Als Kind war ich mit meinen Eltern und meinem Bruder in Italien, Österreich und am Bodensee zum Camping, mit einem riesigen hochwertigen Zelt. Das waren traumhafte Urlaube für uns Kinder. Man lernte zahlreiche andere Kinder kennen und hatte viel Spaß auf einem großen Campinggelände. Dort konnte man viele herrliche Dinge entdecken: den kleinen Einkaufsmarkt mit den bunten Zuckerstangen, den Steg, der aufs Wasser führte, und die vielen Sportangebote. Wir spielten gerne Boccia und Tischfußball.

Stets waren wir von einer großen Kinderschar umgeben und fielen abends beinahe bewusstlos ins Bett. Doch wenn ich tiefer gehe in meine Erinnerungen, war es für meinen Vater allerhöchster Stress und immens viel Arbeit, erst einmal das riesige Zelt aufzubauen. Wir Kinder rannten immer schnell weg, wenn es galt mit anzupacken. Zurück blieb meine Mutter mit ihrem übel gelaunten Mann. Da mussten die Zelt Stangen einzeln gesucht, gefunden und gehalten werden und in einen hauchdünnen Schlauch zum Anbringen der Zeltwände geschoben sein. Dann wurde mit Seilen und Heringen justiert und möglichst tief in die Erde geklopft. Danach hatte mein Vater einen Graben um das Zelt gezogen. Die Kabinen wurden innen eingerichtet und es sah am Ende einer 4 Stündigen Arbeit wie ein stramm gezogenes Haus aus Stoff aus. Andere Campingplatzbewohner lachten über die Sorgfalt der Arbeit meines Vaters, aber als einmal in einem heftigen Gewitter Starkregen über Italien fiel, haben die anderen Zeltbewohner sich so einen Graben gewünscht., denn ihre Zelte füllten sich mit Wasser, manche schwammen weg. Unser Zelt blieb damals trocken. Man muss dazu sagen, dass mein Vater als passionierter Architekt ein Perfektionist war. Das Zelt wurde nach dem Urlaub fein säuberlich gereinigt, Stück für Stück. Meine Mutter hasste Camping. Kein Wunder. Camping war für mich als Urlaub keine Option. Ein Zelt wäre undenkbar, all dieses Ungeziefer, die Nässe bei Regen, die irre Hitze bei schönem Wetter, die Enge, ohne die geringste Entfaltungsmöglichkeit oder Rückzug. Ein Zelt bot zudem keine Toilette. Man brauchte also eine Blase, die das Fassungsvermögen einer Wärmflasche hätte und man durfte nicht eitel sein, wenn man morgens mit abstehenden Haaren, völlig zerknautschten Gesicht und Klopapierrolle zu den Waschräumen marschierte. Aber das meinte mein Mann natürlich nicht. Er beanspruchte für uns schon einen gewissen Komfort. Da passte ein

Wohnwagen eher in seine Wunschliste. „Bitte nicht," das waren dazu meine Gedanken. Man zieht eine dünne Kiste aus Styropor, Pressspan mit Aluminiumhülle tausende Kilometer hinter sich her, nur um Ruhe zu finden?" Das hörte sich für mich eher nach Stress an.

Als wir vor ein paar Jahren Urlaub in Österreich machten, mussten wir, um an den Badesee zu gelangen, durch ein gepflegtes Camping Gelände laufen. Dort machte man hin und wieder unschöne Beobachtungen. Die Männer saßen am Steuer ihres Autos, hinten angeschlossen ein Wohnwagen. Die Ehefrauen liefen mit eiligen Schritten neben dem Wohnwagen her, um den Mann aus der Anlage raus oder rein zu navigieren. Oft rannten die armen Frauen den Wohnwagen hinterher und versuchten durch Zeichen und lauten Rufen die Direktion weiter zu geben. Die Männer, meistens mit hoch roten Köpfen schrien ihre Frauen an, und fuchtelten wild mit ihren Armen, was dann hieß: „Ich kann dich rechts nicht sehen, gehe gefälligst links", oder „Ist der Ast schon am Hänger, rede lauter, ich höre dich nicht." Die Frauen machten auf mich einen sehr gestressten Eindruck, von den Männern gar nicht zu reden. Ich konnte mir gut vorstellen, wie schlecht ich meinen Mann einführen würde, denn ich habe bei Stress eine Rechts-Links Schwäche. Und das schlimmste wäre, mein Mann gerät sehr schnell unter Stress. Nach ein paar Tagen war das Thema dann auch erledigt. Mein Gatte sprach nicht mehr über Camping. Doch nach drei Monaten sollte ich eine üble Überraschung erleben. Mein Mann lud mich zu einem Ausflug mit unserem Hund ein. Es sollte nach Wismar gehen, dann an die Ostsee. Als wir los fuhren strahlte er über das ganze Gesicht. Ich ahnte nichts Gutes. Denn wenn es etwas Gutes gewesen wäre, hätte er es mir schon vorher stolz berichtet. Mein Mann gehört nicht zu den Männern, denen man die Worte aus der Nase ziehen muss. Er erzählt mir alles, was ihm auf dem Herzen liegt, er kann nichts für sich behalten und ich hatte damals den Eindruck, dass er gleich platzen würde. Wir fuhren in eine gepflegte Siedlung und bogen in eine mir fremde Einfahrt ein. Hinter der Einfahrt lag ein hoher Carport mit einem darin geparkten Wohnwagen. „Oh nein" Bevor ich auch nur ein Wort sagen konnte, kam schon der Eigentümer des Gefährtes auf uns zu. Ein etwa siebzig jähriger Mann. Nach einer kurzen Begrüßung schloss er seinen Wohnwagen auf. Man betrat den Wohnwagen über eine schmale Tür und war schon im gepflegten Wohn-Küchen-Bereich. Ein großer Tisch stand mittig, eingerahmt mit einer halbrunden Eckbank im Eingangsbereich. Daneben lagen der Gang und die Küche, mit einem Gasherd, einer Spüle und einer großen Ablage. Gegenüber der Spüle stand der Kühlschrank mit einem gar nicht so kleinen Fassungsvermögen und einem Eisfach. Daneben sogar ein Apothekerschrank und viele Kabinen und Aufziehschränken, die man abschließen konnte. Hinter der Küche befand sich eine Schiebetür, die das Schlafzimmer vom Wohnbereich abtrennte. Das Schlafzimmer bestand aus zwei getrennten Einzel Betten und zahlreiche Oberkabinen und einem größeren

Schrank, in dem auch die Elektrik untergebracht war. Hinter dem Schlafzimmer befand sich ein Duschbad. Das Duschbad war ausgestattet mit einer rundlichen Toilette, einem Waschbecken und einer schmalen Dusche. Ich starrte auf die Toilette und fragte mich wo man während der Notdurft die Beine hinterließ, alles erschien mir sehr eng. Den Fernseher, einen kleinen modernen Flat Screen konnte man bei Bedarf entweder in den Schlafbereich oder Wohnbereich drehen. Die Gardinen an den Fenstern waren etwas kitschig, aber bekanntermaßen Standard in vielen Wohnwagen. Alles in Allem war der Anhänger in einem sehr gepflegten Zustand. Aber das war um Himmels Willen ein Wohnwagen, was sollte das. Manfred sprach leise mit dem Mann, ich konnte nicht genau verstehen, was sie besprachen, da mittlerweile die Ehefrau des Mannes auf mich zukam. Sie erzählte mir etwas von einem Wohnmobil und das schwierige Navigieren von diesem Wohnwagen.

Sie berichtete mir außerdem, dass sie und ihr Mann den Wohnwagen nur einmal benutzt hatten. Sie machten zu jener Zeit Urlaub im Harz. Deswegen war also dieser Wohnwagen in dem neuwertigen Zustand. Die älteren Herrschaften kamen mit diesem langen Gefährt einfach nicht zurecht. Sie schwärmten von ihrem neuen Wohnmobil. Toll, wir würden also den Wohnwagen kaufen, mit dem diese Camper nicht zurechtkamen, der schwierig in der Lenkung ist und durch die Länge schlecht einsehbar ist, wenn man z.B. abbog. Das hörte sich für mich gefährlich an.

Nach einer kurzen Zeit verabschiedeten wir uns von dem Ehepaar und fuhren zum Strand für einen ausgiebigen Spaziergang mit unserem Hund. Natürlich war mein Mann in Erklärungsnot. Da kamen dann Sätze wie: "Du Schatz, ich wollte mir einfach nur mal mit dir diesen Wagen anschauen, ganz ohne Druck. Wir können ja mal darüber reden." Ich blieb einfach stumm und wollte keinen Streit anzetteln. Mein Mann hatte sich sehr auf diesen geheimen Tag mit dieser "tollen Überraschung" gefreut. Ich konnte mich insgeheim kein bisschen mitfreuen oder mir nur in Gedanken vorstellen, in dieser engen Kiste Urlaub zu machen. Und das vielleicht viele Wochen.

Am Abend sprachen wir nicht mehr über den Wohnwagen. Ich hatte ihn schnell in die hinterste Erinnerungsschublade meines Kopfes geschoben. Acht Wochen später kam dann ein Anruf von einem Herrn Geppart. Er fragte mit einem gewissen aggressiven Unterton nach Freddy. Ich fragte ihn, worum es ging, und da fing er auch schon an zu reden: "Der Freddy hat gesagt, dass er den Wohnwagen abholt. Ich warte schon den ganzen Vormittag.

"Unser Wohnmobil kommt nächste Woche, da muss der Carport frei sein." - Was war das denn?!

"Wie bitte, Herr Geppart? Wir haben doch gar keinen Vertrag gemacht und Ihnen auch keine feste Zusage gegeben."

"Doch, meine Frau ist Zeugin. Ihr Mann wollte den Wohnwagen heute abholen. Das gibt's doch nicht! Wollt ihr mich etwa verarschen?"

"Entschuldigen Sie, Herr Geppart, davon weiß ich gar nichts. Ich muss erst mit meinem Mann sprechen."

"Ja, bitte, aber ein bisschen schnell. Das Wohnmobil kommt doch nächste Woche."

Ich wusste nicht, ob ich lachen oder schreien sollte. Mein Mann hatte in keinem Wort erwähnt, dass er den Wagen kaufen würde, in gar keinem.

Ich konnte ihn telefonisch erreichen, und er sagte, dass er abends das Problem erledigen werde und dass es sich um ein Missverständnis handelte.

Nach dem Abendessen rief er Herrn Geppart an. Das Telefon war auf laut gestellt. Schon nach dem ersten Klingelton war Herr Geppart am Apparat.

"Na endlich, Freddy! Ich warte schon den ganzen Tag auf deinen Anruf."

Mir war nicht bewusst, dass Herr Geppart meinen Mann duzte.

"Ich hatte das ganz vergessen, dich nochmal anzurufen, Reiner. Meiner Frau würde das Campen keinen Spaß machen. Ich dachte, sie ändere ihre Meinung, aber das tat sie leider nicht. Was soll ich denn machen?"

"Das gibt's doch nicht, du kannst das jetzt nicht machen! Wegen dir habe ich das Wohnmobil bestellt. Du hast klar gesagt, als ich dir über 5000.- Euro nachgelassen habe, dass du den Wagen heute abholst."

Aha, da lag der Haken. Mein Mann hatte zwischenzeitlich etliche Gespräche mit Herrn Geppart geführt und schon den Kaufpreis des Wohnwagens verhandelt. Alles hinter meinem Rücken.

Das konnte nur bedeuten, dass mein Mann wohl Angst vor meiner Reaktion hatte, wenn er mir beichten würde, dass er den Wohnwagen gerne kaufen möchte. Eigentlich müsste ich jetzt vor Wut platzen, da wir das Thema nicht mehr besprochen hatten.

Aber merkwürdigerweise war ich überhaupt nicht wütend. Ich fühlte mich schuldig, meinem Mann in seinen Wünschen nicht berücksichtigt zu haben und nur meine Vorstellungen von einem schönen Urlaub umgesetzt zu haben. Ich gab ihm ein Zeichen, dass er den Wagen mit mir diese Woche abholen könnte.

Mein Mann strahlte wie ein König und machte mit Herrn Geppert den Abholtermin aus.

Die Zeit war gekommen, in der ich tolerieren musste, was Urlaub für meinen Mann bedeutete. Es war schon immer sein Traum gewesen. Vielleicht würde es mir irgendwann auch gefallen. Aber im Stillen sank mein Herz bis zu den Knien.

Freddy ist ein völlig anderer Charakter als ich. Das hatte uns bisher aneinander gefallen und gegenseitig inspiriert. Und es gab uns das nötige Feuer in unserer Beziehung.

Aber es gab auch Erlebnisse in unserem Alltag, die mich zur Weißglut brachten, und ich befürchtete, dass es mit der Harmonie in einem Urlaub in einer derart kleinen Kiste ohne jegliche Rückzugsmöglichkeit bald vorbei sein konnte. Wir beide sind sehr willensstarke Menschen, die in ihrem Leben schon geschäftlich wie auch privat viele Kämpfe durchboxen mussten. Ich befürchtete bei so einem intensiven Urlaub mit meinem Mann den ultimativen Stierkampf zwischen uns beiden. Diese Ängste behielt ich für mich.

Eine Woche später waren wir die stolzen Besitzer eines Wohnwagens der Marke Hobby 560.

Ehrlich gesagt war dieses Gerät schon ein edles Teil, und ich konnte mich vorerst ein ganz kleines bisschen damit anfreunden. Mein Mann lag noch am gleichen Abend unter dem Wagen, um die selbstfahrende Technik mit einer Fernbedienung zu ergründen. Man zog mit der sogenannten Moverstange das Antriebsrädchen an den Reifen und konnte dann mit einer Fernbedienung den Wohnwagen rangieren, wohin man wollte. Das geschah immer dann, wenn es eng wurde, z.B., wenn man einen Campingplatz erreichte und durch schmale Wege gelangte oder einparken musste.

Diese moderne Technik hatte den Vorteil, dass man ohne fremde Hilfe dieses schwere Gefährt navigieren konnte. Man beobachtete oft, dass die Nachbarcamper einen neu angekommenen Wohnwagen gemeinsam auf eine Parzelle schoben. Unser Wohnwagen wäre so schwer, dass man diesen auch nicht mit vielen Händen rangieren könnte. So weit, so gut.

Wir planten unseren ersten Urlaub mit dem Wohnwagen. Wir wollten einen etwa achtwöchigen Trip entlang der spanischen Küste machen. Dabei ließen wir Orte und Gegebenheiten völlig offen. Wir planten nichts Konkretes und wollten fahren, bis uns ein Platz gefiel. Diese Idee fand ich prima. Ich bin und war immer ein Freigeist und daher kein Freund von strikten Regeln und Plänen. Wir würden fahren, bis wir keine Lust mehr hatten, und uns dann ein schönes Fleckchen suchen. So die Theorie.

Nach weiteren vier Wochen kauften wir Geschirr, Besteck, den Spüleimer, einen Grill und einen Tisch mit zwei Stühlen, außerdem zwei Klappstühle, falls mal Besuch kommt. Ich wienerte den Wohnwagen, und mein Mann bestellte mir eine neue Matratze. Ich habe leider eine Überempfindlichkeit mit meinem Bett. Es muss ganz neu sein. (Natürlich nur bei einem Bett, das mir gehört.) Wir legten dann die neue Matratze auf die alte obendrauf. Ich würde so hoch liegen wie die Prinzessin auf der Erbse. Das hatte den Vorteil, dass ich direkt aus dem Fenster schauen konnte, ohne den Kopf zu heben. Doch leider war die neue Matratze etwas zu groß. Freddy bog sie und knickte sie mit Gewalt ein, denn er wusste, ohne die neue Matratze würde ich nicht mitfahren.

Nach weiteren zwei Wochen ging es los. Mein Mann hatte wochenlang über Orte und mögliche Campingplätze recherchiert. Er hätte sehr gerne alles genau geplant, aber wir blieben dabei, es sollte spontan entschieden werden, wo und wann wir übernachten würden. Die Reise zu unserem Ziel sollte schon Urlaub sein.

Dann war er da, der große Tag: Urlaub für eine lange Zeit. Gemeinsam mit meinem Mann (seit 35 Jahren) in einem engen Wohnwagen, kein großer Platz, um sich aus dem Weg zu gehen. Mir war etwas mulmig zumute, aber in meinem Herzen brannte auch die Abenteuerlust.

Wir fuhren mit Freddys Bus, einem Peugeot Boxer. Darin konnten wir unsere Räder, Getränke, Werkzeuge für alle Fälle, Kisten mit unzähligen Schuhen, Tisch und Stühle, Wäscheständer und so vieles mehr unterbringen. Damit war unser Anhänger auch nicht überladen. Allein die Planung und die Umsetzung der vielen Einkäufe, der Wäsche usw. hatte eine Woche gedauert. Es hatte ein wenig die Anmutung eines Umzugs (in eine 15m² kleine Wohnung).

Mit einer großen Tasche Proviant ging unser Abenteuer "Camping" an einem

Montagvormittag im Mai 2018 los. Es war ein kühler Tag, angenehmes Reisewetter. Grandios fand ich unsere Toilette, die ich bei Rast und Pipipausen immer benutzte. Und das kam bei meiner Konfirmandenblase ziemlich oft vor. Keine Verstecke in den Büschen oder Ekelattacken auf Rastplätzen mehr. Das war zumindest ein Vorteil.

Das Fahren mit diesem sehr langen Gefährt war für Freddy erst einmal ungewohnt und ziemlich anstrengend, besonders, wenn ich nach 30 Minuten Fahrt eingeschlafen war. Ich zog mir immer eine Sonnenbrille auf, um zu verstecken, dass ich die Augen schloss. Freddy war derart freudig aufgeregt, dass er ohne Punkt und Komma auf mich einredete. Aber spätestens, wenn die Brille schräg auf dem nach hinten gefallenem Kopf saß, wusste Freddy, dass seine Worte im Nichts landeten.

Nach vier Stunden machten wir die erste Rast.

Wir fuhren dazu auf einer Abfahrt raus, um große Rastplätze an der Autobahn zu vermeiden. Auf einem einladenden Parkplatz vor einem kleinen Ort fanden wir eingebettet in grüner Natur eine schöne Stelle. Beim Aussteigen bemerkte ich, dass unser Bus mit dem Anhänger den gesamten Parkplatz ausfüllte. Es hatte die Anmutung eines riesigen Speditionstransporters. Das flößte mir einen gehörigen Respekt ein.

Wir stellten unsere zwei Stühle auf und aßen leckere Brötchen und tranken Cola dazu. Als wir wieder fahren wollten, bat Manfred mich, genau zu überprüfen, ob er beim Rausfahren die Kurve richtig nimmt, da er nach hinten schlecht sehen konnte. Ich erinnerte mich jetzt an die armen Frauen in Österreich, die neben ihren Männern herliefen. Das war ab heute also auch mein Schicksal. Mir sank das Herz in die Beine. Konnte ich meinen Mann auch richtig navigieren?

Ich schaute angestrengt auf die Kupplung. Daneben baumelte das Stromkabel ziemlich tief am Boden. Ich gab Freddy ein Zeichen anzuhalten. Er schaute sich das Kabel an und klemmte es mit einem Kabelbinder etwas höher. Nun war die Gefahr gebannt. Freddy fuhr weiter. Ich achtete genau darauf, ob er gut aus der Parkmulde kam, denn nach dem Rückwärtseinlenken sah ich gefährlich nahe am Dach unseres Hängers die herausragenden Äste von den schönen Bäumen dieses Parkplatzes. Angestrengt starrte ich auf das Dach und die Äste. Es waren gefühlte Millimeter, die die Äste von unserem glänzenden neuen Dach trennten.

Dann gab es ein entsetzliches, lautes Geräusch. Es erinnerte an das Aufeinander schaben zweier Plastikteile und es klang nach Zerstörung. Freddy bremste ruckartig und sprang augenblicklich aus dem Auto. Und da war sie, die schreckliche Bescherung. Durch die scharfe Kurve war der Bus an den Hänger, genau an der Stelle, wo das Fahrradgestell angebracht ist, gekommen und hatte einen tiefen Kratzer an der hinteren Türe und eine ausladende Beule auf dem Radträger hinterlassen. Mein Mann bekam augenblicklich einen schrecklichen Wutanfall. Er verstand nicht, warum ich wie verrückt in die Luft starrte und diesen Unfall nicht hatte kommen sehen. Ich war in diesem Moment so geschockt, dass mir die Worte fehlten. Mein Mann fluchte alle Wörter, die er kannte, und sprang herum wie ein HB-Männchen. Nach zehn Minuten war der Wutanfall vorbei.

Sofort stellte sich Freddy wieder mit dem Hänger in eine gerade Position. Dann holte er sein Werkzeug aus dem Bus. Mit schnellen Griffen schraubte er den Fahrradträger ab, denn wir brauchten ihn nicht. Dann konnte er sogar die Beule wieder entfernen. Der Kratzer blieb.

Wir fuhren sicher aus dem Parkplatzgelände, und ich schmollte, wollte meinen Mann erwürgen. Das fing ja wirklich gut an. Doch nach zehn Minuten entschuldigte sich mein Mann wegen seinem Ausbruch, und wir konnten schon wieder lachen.

Nach weiteren drei Stunden wollten wir uns einen Nachtplatz suchen. Wir waren in der Nähe von Gießen. Ich schaute auf mein Handy und suchte nach geeigneten Plätzen. Ich las immer die Bewertungen. Einer der Campingplätze war nur zwanzig Kilometer entfernt und lag direkt bei einem großen See. Die Bewertungen waren ausgezeichnet, so beschlossen wir, dort unsere erste Nacht zu verbringen. In einem kurzen Telefonat meldete ich uns an. Der Platzbetreiber war sehr freundlich und wollte am Eingang auf uns warten.

Der Platz war in der Vorsaison, in der wir uns befanden, beinahe ganz frei. So suchten wir uns einen Stellplatz direkt am See. Schöner konnte man nicht stehen. Aber bevor wir uns entspannen konnten, mussten wir den Hänger erst stabilisieren. Freddy entkoppelte ihn von seinem Bus. Dann parkte er den Bus gegenüber dem Hänger, so, dass wir leichter an das Campingzubehör kamen. Freddy war durch die lange Fahrt noch sehr angespannt. Entsprechend war jetzt seine Laune. Hektisch suchte er nach dem Stromkabel und verschiedenen anderen Sachen. Vorwurfsvoll schaute er mich an, da ich seine Gedanken nicht lesen konnte. Er wünschte sich von mir Unterstützung, und ich wünschte mir zu wissen, was ich tun sollte.

Wir vereinbarten an diesem Tag, dass wir in Zukunft die Aufgaben aufteilen. Meine Aufgaben waren: die Treppe an die Tür stellen, die Moverstange und die Fernbedienung des Hängers bereithalten, damit Freddy den Hobby in die gewünschte Position bringen könnte, sollte dies notwendig werden (Kam mir dabei wie ein Idiot vor, mit der blöden Moverstange und der fein eingepackten Fernbedienung in der Hand). Wenn mein Mann etwas brauchte, gab er kurze Kommandos, wie etwa "Mover, Wasserwage, Stromkabel". Er hatte auf einmal eine imaginäre Kapitänsmütze auf. So kannte ich meinen Mann nicht, aber ich bekam auch eine schöne imaginäre Mütze verpasst, die des Matrosen. Durch den Stress der langen Fahrt entschied ich, dass ich der blöde Matrose sein werde, um meinen Mann zu beruhigen und den Frieden zu wahren. Aber es machte mir keinen Spaß.

Danach schob ich die Unterlegbretter zum Nivellieren direkt unter die Stützen. Die Wasserwaage legte ich hinter der Tür auf den Boden, damit wurde sichergestellt, ob der Wagen geradestand. Währenddessen kurbelte Freddy die Stützen runter und fragte laut, ob der Tropfen der Wasserwage mittig stehen würde. Manchmal rief ich zurück "mittig", obwohl ich meine Brille gar nicht aufhatte und den blöden Tropfen gar nicht sah.

Doof war nur, dass mein Mann bei Verdacht, der Wagen könnte noch schief stehen, lieber selbst auf die Wasserwage schaute. Er warf mir dann einen vernichtenden Blick zu, wenn der Tropfen ganz und gar nicht mittig stand. Gleich im Anschluss wurden von mir zwei Gießkannen Wasser in den Tank geladen. Danach legte ich unsere Waschbeutel, Zahnbürsten usw. zum Duschen bereit und stellte die Kaffeemaschine für den nächsten Morgen auf. Freddy schob seinen Kopf durch die Tür und fragte, ob alles erledigt sei. „Ay, Ay, Kapitän."

Wir stellten fest, dass sich auf dem Campinggelände eine Gaststätte befand und wollten gerne mal wieder einen richtigen Appelwoi trinken. Als echte Hessen fehlte uns der kühle Genuss im Norden. Und es war ein reiner Genuss. Herrlich Pommes mit Currywurst und eiskalter Apfelwein. Jetzt fühlten wir uns wie im Urlaub. Einige Leute in der Gaststätte stellten sich als Dauercamper heraus. Die meisten waren auch Dauergäste an der Biertheke.

Nach dem Essen duschten wir. Die Sanitäranlagen waren sehr einfach und nicht gerade sauber. Das Duschen kostete mich große Überwindung. Ich ekelte mich bei dem Gedanken, wie viele Menschen dort schon vor mir geduscht hatten, angesichts der Überreste an kleinen Steinchen und Haaren. Ich schaute nicht mehr auf den Boden. Gott sei Dank hatte ich sehr gute Badelatschen an. Der

Toilettengang war das Schlimmste, ich musste zwar, konnte aber nicht. Bauchschmerzen machten sich breit, aber mein Körper ließ nicht los. Wir hatten ja eine Toilette im Wohnwagen, aber die liegt hinter unseren Betten. Da konnte ich erst recht nicht, wenn mein Mann mit dem Kopf direkt vor der Toilettentür lag. An Flatulenzen war gar nicht zu denken. Ein furchtbarer Zustand. Ich fühlte mich gefangen in dieser Situation. Ich musste lernen, solche Gedanken auszuschalten, sonst würden meine Empfindlichkeiten meinen Urlaub zerstören.

Mein Mann war mit dem Duschen schon lange vor mir fertig, und ich bot ihm an, schon vorzulaufen und die Fußbodenheizung anzumachen, denn es wurde schon wieder ziemlich kalt. Auf dem Rückweg von den Sanitäranlagen zu unserem Wohnwagen waren nur sehr wenige Lampen am Weg angebracht, und entsprechend dunkel war es dort jetzt. Ich bereute, dass ich meinen Mann schon vorausgeschickt hatte. Ich hörte laute Quakgeräusche und dachte daran, dass der ganze Weg voller Frösche sein konnte. Konzentriert schaute ich auf den dunklen Weg, ich wollte auf gar keinen Fall ein Tier verletzen. Ich konnte nur Umrisse sehen, die sich bewegten, mein Herz pochte ganz wild.

Nach einer gefühlten Ewigkeit kam ich zu besser beleuchtetem Gelände. Jetzt konnte ich die Straße erkennen, sah aber keine Frösche mehr. Dann bog ich ab zu dem Wiesengrundstück, das zum See führte. Ein ganzes Stück musste ich über das ziemlich hohe und nasse Gras mit meinen Badeschlappen laufen. Dort war es stockfinster. Angestrengt versuchte ich etwas zu erkennen, man sah nun gar nicht mehr, wo man hintrat. Das nasse lange Gras streifte bei jedem Schritt meine Füße bis zu den Schienbeinen hoch. Ein sehr unangenehmes Gefühl. Ich schaute zurück, da ich ein Geräusch gehört hatte. Es hörte sich an, als ob noch jemand sehr leise durch das Gras lief. Der Wohnwagen war noch etwa 200 Meter entfernt. In meiner Phantasie stellte ich mir vor, dass einer der stark angetrunkenen Männer mir gefolgt sein könnte. Ich hatte schon wieder Panik, lief schneller, ich rannte, das Gras peitschte nun an meine Beine. Völlig außer Atem kam ich erleichtert an unserem Wohnwagen an. Ich öffnete die Wohnwagentür. Der Wagen hatte ein wunderschönes Licht. Freddy hatte eine Kerze angezündet und lachte mich erwartungsvoll mit glühenden Augen an. Er dankte mir für die Freude, die er jetzt hätte, bei diesem romantischen Campingtrip mit mir. Oh ja, Romantik. Ich streifte meine eiskalten und nassen Füße auf dem warmen Teppich ab und schaute verstohlen auf meine Beine, ob dort womöglich noch eine Schnecke hing. Meine Beine waren bis zu den Schienbeinen sehr gut durchblutet. Am nächsten Morgen fuhren wir mit unseren Rädern in den Ort, um frische Brötchen und weiteren Proviant für die Weiterfahrt zu besorgen. Wir frühstückten gemütlich und schauten auf den ruhigen See. Es war keine Hektik, kein lautes Geschirr, keine Warteschlangen, nur mein Mann und ich. Am liebsten wäre ich noch ein bisschen geblieben, denn das Wetter war sehr schön. Ich wollte mich sonnen, ausruhen und im See schwimmen. Doch Freddy wollte gerne weiterfahren, damit wir schon bald in Spanien ankommen würden.

Und es ging weiter, Richtung Freiburg. Freddy hatte an diesem Tag eine Superpower. Mit wenig Rast kamen wir am selben Tag an einem riesigen Campingplatz in Freiburg an. Der Platz war auch an einem See gelegen, doch es war bereits recht kühl geworden. Ich wollte unbedingt, verschwitzt wie ich war, kurz in den See springen. Es war kein Mensch mehr im Wasser. Die Leute schritten schon geduscht und gestylt auf dem Weg zu einer Bar mit lauter Musik, direkt am Wasser. Der See war glockenklar, und ich schwamm ein paar Züge. Das tat so wohl, ein herrlich kühler Genuss. Doch als ich rauskam, wehte der Wind kalt auf meine nasse Haut. Es war noch nicht Sommer. Schnell duschte ich. Auch hier gingen wir im Campingrestaurant essen. Die Spätzle mit Rahmgulasch schmeckten hervorragend und fühlten sich nach Urlaub an. Wir hörten im

Restaurant schon ein verdächtiges Grummeln. Ein Gewitter zog heran. Wie gut, dass wir einen komfortablen Wohnwagen hatten und nicht in einem Zelt schlafen mussten. Bei mir grummelte auch etwas. Schnell streifte ich mir meine Strickjacke über. Direkt ein paar Schritte weiter war die Sanitäranlage. Ich checkte schnell sämtliche Toiletten. Sehr unhygienisch, die Mülleimer bis zum Überquellen gefüllt, manche Toiletten waren nicht gespült. Doch jetzt konnte ich nicht mehr wählerisch sein... Trotz der unsauberen Toiletten fühlte ich mich wie neu geboren. Die ganze Nacht regnete es. Ich genoss das Geräusch der Regentropfen auf unserem Hänger und schlief bald tief und fest ein. Am nächsten Morgen herrschte Weltuntergangsstimmung, es regnete wie aus Kübeln. Freddy besorgte im Campingshop ein Baguette. Wir frühstückten im Wagen, mit Fußbodenheizung. Die Temperatur war auf 12 Grad gesunken, und wir waren froh, wie gemütlich warm der Hänger war. Gestärkt ging es weiter, Richtung Frankreich. Der Regen hielt an und donnerte schwer auf unsere

Windschutzscheibe. Die Wolken hingen tief und
düster auf der Fahrbahn. Wir konnten nur sehr
langsam fahren, da die Sicht durch den
Starkregen erheblich eingeschränkt war. Das
machte keinen Spaß, wir kamen nicht voran,
und es wurde immer kälter. Die Temperatur fiel
im Laufe des Tages auf nur 8 Grad.

Wir fuhren durch Lyon, eine Stadt, die ich nicht
besonders mochte. Sie war vollgestopft mit
einem nicht endenden Berufsverkehr und
Millionen von Menschen. Man hatte das Gefühl,
man brauchte Stunden, um endlich diesen
stinkenden Moloch hinter sich zu lassen.
Sicherlich hat Lyon auch sehr schöne Seiten zu
bieten, aber bei der Durchfahrt bekam man
außer sehr unattraktiven Gewerbegebieten und
hässlichen Plattenbauten nichts zu sehen.

Bald fuhren wir durch die Provence, einem
herrlichen Naturgebiet. Da es spät war,
beschlossen wir, ein Nachtlager zu finden. Es
war nach 18 Uhr, und Freddy war beinahe ohne
Pause durchgefahren und brauchte dringend

Erholung. Ich fand im Internet in der Nähe einen Campingplatz. Nach einem kurzen Anruf teilte uns die Eigentümerin mit, dass sie auf uns warten werde. Der Campingplatz lag etwa 20 km von der Autobahn entfernt in einem kleinen Städtchen nahe Orange.

Wir fuhren einen steilen Berg hinauf, und die Straßen wurden immer enger. Mir wurde angst und bange. Sicherlich musste ich bald aussteigen und neben dem Hänger herlaufen, um aufzupassen, dass Freddy den Bordstein nicht mitnimmt. In Frankreich sind kleinere Orte ein Alptraum für Wohnwagenanhänger, die lang und breit sind. Überall gab es kleinere Kreisel und Bremsschwellen. Die Bremsschwellen waren nicht sonderlich gekennzeichnet, und wenn man zu schnell darüberfuhr, konnte das im Wohnwagen für Tumulte sorgen, was ich bei der Rückreise schmerzlich erleben sollte. Aber heute lief alles glatt.

Da stand dann glücklicherweise ein Schild mit dem Campingzeichen. Erleichtert bogen wir in die sehr enge Straße ein, die zu dem

Campinggelände führte. Ich stieg aus und schaute diesmal konzentriert auf die Bordsteine und die Kupplung am Hänger. Sehr knapp kam Freddy an einer Schranke an. Dort wartete eine sympathische rothaarige Frau mittleren Alters auf uns. Sie begrüßte uns herzlich. Wir suchten kurz nach einem geeigneten Stellplatz, füllten danach die Papiere aus und kauften noch eine Dose Ravioli. Wir hatten beide Appetit auf dieses Gericht. Die Dose kostete vier Euro. Wow, man merkte sofort, dass man in Frankreich war. Aber das war uns egal.

Jetzt mussten wir nur noch durch die enge Schranke an unseren Platz kommen. Der Stellplatz lag an einem Berg und hatte eine sehr schöne Größe. Ohne Schwierigkeiten konnten wir unseren Platz befahren und später mit dem Mover und der Fernbedienung rangieren. Mit Routine erledigten wir unsere Arbeiten, und wir konnten uns entspannen. Die Luft roch herrlich, und obwohl es mit nur 6 Grad sehr kalt war, genossen wir die Natur und den Duft der

Kräuter der Provence. Es roch tatsächlich wie mein „Kräuter de Provence"-Gewürzdöschen.

Das Dusch- und Toilettenhaus war sehr einfach ausgestattet und nicht gerade sauber. Leider gab es ausgerechnet bei dieser Kälte kein warmes Wasser mehr, da es nun bereits nach 20 Uhr war und es täglich ab 19 Uhr abgedreht wurde. Das wussten natürlich die anderen Camper auf dem Platz. Deswegen waren wir auch die einzigen im Duschhaus. Wir mussten eiskalt duschen, das Licht war ebenfalls kaum ausreichend – ein Grauen. Ich fühlte mich in diesem Moment wie ein Protagonist in einem Horrorfilm. Schnell trocknete ich mich ab, zog halb nass meine Kleidung an und wollte nur schnell raus aus dieser ungemütlichen Atmosphäre.

Als ich zitternd die Wohnwagentür öffnete, bot die Fußbodenheizung bereits eine wohlige Wärme, und die Ravioli dampften im Kochtopf. Eine Kerze flackerte am Tisch, und mein Mann lachte mir freudig entgegen. Glücklicherweise war er viel früher fertig mit dem Duschen. Die Ravioli schmeckten mir ausgezeichnet.

Ich schlief in dieser Nacht mit gekipptem Fenster und lauschte der Natur, einem kleinen Bach und anderen Geräuschen und genoss diesen betörenden Duft. Auch hier wäre ich gerne noch ein wenig geblieben. Es war herrlich.

Am nächsten Morgen wollte Freddy früh aufbrechen. Es regnete wieder stärker, und wir wollten endlich die Sonne sehen. Wir packten alles zusammen, bezahlten die Rechnung und machten uns auf den Weg. Wieder lief ich neben dem Wohnwagen her, bis zur Schranke. Freddy erklärte mir, dass ich genau darauf achten solle, dass er die Schranke beim Rausfahren nicht berührt.

Wie in Trance schaute ich gebannt auf die Schranke. Auch die Eigentümerin des Campingplatzes schaute konzentriert auf die andere Seite der Schranke, bis ich ein schreckliches Geräusch vernahm: ein lautes schleifendes Kratzgeräusch mit einem anschließenden scheppernden Aufschlag. Freddy sprang aus dem Auto. Er hatte versehentlich die Laser-Lichtschranke, die weiter unten an einem Kästchen an der Schranke angebracht war und in die Fahrbahn ragte, übersehen. Auch ich hatte sie nicht bemerkt. Erst gestern erzählte uns die nette Besitzerin der Anlage, dass die Laser Schranken brandneu seien und nur auf Code Nummer reagierten.

Das Kästchen mit den Nummern lag nun verbogen auf dem Boden, die Befestigung ragte grotesk nach oben, und die dünnen Elektrokabel lagen frei. Ein Bild der Zerstörung. Meinem Mann standen alle Haare zu Berge. Er blieb erstaunlich ruhig und versicherte der ernst blickenden Eigentümerin, dass es weiter nicht schlimm sei und er alles reparieren werde. Sogleich holte er sein Werkzeug aus dem Bus und fing an, das Kästchen von den Beulen zu befreien. Dann setzte er die Kabel an ihren Ursprung und verschraubte die kleinen Schrauben des Teils, dass an der Schranke nach oben zeigte. Mit dem Hammer schlug er es zurück in die richtige Position. Wir alle schauten sehr angespannt zu. Der Schweiß lief meinem Mann, trotz nur sieben Grad, über die Stirn. Ich hielt die Luft an. Was würde es kosten, wenn wir nun die Elektrik der Schranken bezahlen müssten?

Nach einer knappen halben Stunde bat mein Mann die Eigentümerin, den Strom der Schranke wieder anzumachen. Alles funktionierte einwandfrei. Es sah so aus wie vorher. Die Eigentümerin versuchte den Betrieb der Lichtschranke noch ein paar Mal, und jedes Mal funktionierte sie tadellos. Sie lachte freundlich und wünschte uns von Herzen eine gute Reise. Wir waren sehr erleichtert und froh, dass die Besitzerin keine streitbare Person war. Sie winkte uns noch lange hinterher. Zurück blieb ein langer, dünner Kratzer an unserem Hänger, der zweite.

Im Auto musste Freddy erst mal einen großen Schluck Wasser trinken. Als er die Flasche nahm, sah ich, dass er zitterte. Das Ganze hatte ihm sehr zugesetzt. Doch ich war voller Stolz auf meinen Mann, der Probleme immer mit Tat und Fleiß lösen konnte. Es gibt nicht viele Männer, die das bieten könnten.

Unser stetiger Begleiter, strömender Regen, setzte pünktlich zur Weiterfahrt ein. Wir fuhren los, diesmal machten wir öfter Rast und kamen am späten Nachmittag kurz vor der spanischen Grenze an einem Wald-Campingplatz in Frankreich an. Es hatte ein wenig aufgehört zu regnen, also machten wir uns mit unseren Rädern auf die Suche nach einem netten Restaurant. Wir konnten nur eine geschlossene Kneipe entdecken. Davor hielt sich eine Clique mit etwas komischen Typen auf. Wir beschlossen kurzerhand, ein kleines Abendessen aus den Resten des Tages zu uns zu nehmen.

Am Abend nach der Dusche war der Campingplatz stockduster, denn die Außenbeleuchtung war ausgestellt. Ich brauchte zwanzig lange Minuten, um unseren Hobby wiederzufinden. Seit diesem Tag nehme ich immer eine Taschenlampe mit, wenn es bereits dunkel ist. In der Nacht hörte ich merkwürdige Geräusche, Schritte und das Knacken von dünnen Ästen. Ich blieb die halbe Nacht mit einem unguten Gefühl wach. Manfred schlummerte friedlich neben mir. Er musste schließlich die ganze Fahrt alleine meistern. Ich würde es mir nicht zutrauen, einen derart großen Hänger zu ziehen. Gegen drei Uhr morgens hörten die Geräusche auf, und ich schlief ein.

Sehr früh am Morgen reisten wir weiter, mit dem Ziel, in Spanien zu frühstücken. Wir wollten auf diesem Campingplatz nicht länger bleiben. Er war ungemütlich, und alle Shops hatten geschlossen. Wieder wurde der Himmel beinahe rabenschwarz, und es regnete ohne Unterlass. Ob das ein gutes Omen war?

Freddy beschloss nach unserem herrlichen Frühstück, bei einem schönen Einkaufsmarkt an der Costa Brava in Spanien so lange zu fahren, bis die Sonne scheinen würde. Und das tat er. Nach etwa vier Stunden kamen wir an der Costa

Daurada an. Die Sonne schien, die Luft roch nach Meer und schmeckte nach Salz. Hipp, Hipp, Hurra! Wir waren endlich angekommen.

Ich fand einen schönen Campingplatz am Meer, dort wollten wir unsere erste Woche verbringen. Die Stadt hieß Cambrils, sie war klein, romantisch und hatte einen zauberhaften Hafen.

Der Campingplatz war eingerahmt zwischen Bäumen, Palmen und Oleanderbüschen und wirkte sehr gepflegt. Es war nicht viel los, wir parkten am Eingang, um uns in Ruhe einen Platz zu suchen. Der Sohn des Eigentümers, ein moderner und aufgeschlossener Spanier, der sehr gut Englisch und ein wenig Deutsch sprach, fuhr uns mit einem Golfwagen über den ganzen Platz. Er gab mächtig Gas, mir wurde schwindelig.

Da noch viel frei war, konnten wir uns einen sehr großen und einladenden Platz aussuchen, auf dem auch unser Bus stehen durfte. Im

Prinzip waren das zwei Stellplätze, wir zahlten aber nur für einen. Der Platz war in der Nähe von allem. Der Pool lag um die Ecke, die sanitären Anlagen waren auch schnell zu erreichen und das Meer lag nur 3 Minuten fußläufig entfernt.

Sogleich buchten wir den Platz für eine Woche und unterschrieben die bürokratischen Angelegenheiten.

Mit dem Mover konnte Freddy den Hänger in die richtige Position manövrieren. Die anderen Urlaubsgäste standen um unseren Hänger herum und bewunderten das Mover-System. Nicht viele hatten so eine moderne Konstruktion schon einmal gesehen.

Wir richteten uns mit Freude ein. Wenn man kurze Zwischenstopps macht, holt man nur die Dinge aus dem Schrank, die man für einen Tag benötigt. Doch jetzt räumte ich alle Kosmetiksachen in unsere Fächer, stellte die Kaffeemaschine an einen festen Platz, legte unsere Sofakissen aus, stellte den Wäscheständer nach draußen und fühlte mich augenblicklich wohl. Jetzt würde der Stress erst mal ein Ende haben, der Urlaub konnte beginnen.

Schockiert stellten wir fest, dass der Pool ohne Wasser war. Nach einer kurzen Frage bei der Anmeldung wurde uns erklärt, dass morgen Wasser in den Pool kommen würde. Den meisten Gästen wäre es im Moment noch zu kalt zum Schwimmen.

Doch die Sonne schien, es waren herrliche 18 Grad und wir schlenderten an den Strand.

Ein herrlicher, feiner und sauberer Sand führte uns an das fast menschenleere Meer. Der Strand war ein Küstenabschnitt, der an großen Steinen grenzte, an denen die Gischt brach. Ein wunderschönes Bild.

Mit den Rädern fuhren wir in die Stadt zu einem Einkaufsmarkt mit dem bekannten Namen Lidl. Wir konnten nicht glauben, dass in der ganzen Stadt und den Küstenabschnitten überall breite Fahrradwege ausgeschildert waren. Viele waren auf der Fahrbahn rot gekennzeichnet. Da zu dieser Zeit kaum Urlauber die Stadt besuchten, konnte man dort flott vorankommen.

Wir genossen unseren ersten Abend in Cambrils mit Gegrilltem und einer Flasche Rotwein.

Man konnte allerlei Vogelarten singen hören, die lautesten Vögel waren eine Art Papageien, grasgrün mit gelben Schnäbeln, Mönchsittiche. Sie lebten auf den Palmen. Sie pflegten noch einen angeregten Abendtratsch und hatten sich wohl der Lautstärke des schönen Landes angepasst.

Nach der Dusche in dem tipp-top-sauberen und sehr modernen Dusch- und Toilettenhaus versuchte Freddy den Fernseher einzustellen. Das war ein sehr kompliziertes Unterfangen. Man musste erst einmal die Satellitenschüssel in eine geeignete Position bringen, dann mussten wir Ländercode-Zahlen eingeben, dann sollte das mit dem Bild klappen. Soweit die Theorie. Ich musste drinnen das schwarze Bild anstarren, während Freddy seine Position dauernd änderte. Er rief immer: "Und siehst du was?" und ich antwortete laut nach draußen immer dasselbe: "Nein, ich sehe nur Schwarz." Unser Nachbar, ein sehr netter Holländer, hatte Mitleid mit uns und stellte schließlich den Fernseher ein.

Das war herrlich. Es fingen gerade die Tagesthemen an und uns fielen schon die Augen zu.

Am nächsten Morgen schien die Sonne in unseren Hänger. Frisch und ausgeruht nahm ich eine kleine Dusche und bereitete das Frühstück vor. Die Aufgabe meines Mannes bestand darin, jeden Morgen ein frisches Baguette zu kaufen.

Es gab zwar auf dem Campingplatz einen Einkaufsmarkt, der war aber um ein Vielfaches teurer als die Märkte in unmittelbarer Nähe. So kaufte Manfred das Brot in einer Bäckerei, dazu noch frische, luftgetrocknete Baguette Salami.

Das war ein himmlischer Genuss. Und es war pure Ruhe und Frieden. Wir frühstückten ausgiebig. Freddy machte immer den Abwasch, was übrigens meistens die Männer machten, und dabei tratschten sie schlimmer als die Frauen. Mir sollte das Recht sein.

Mit unseren Liegen auf der Sackkarre (eine geniale Idee meines Mannes, die das schwere Geschleppe ersparte) und meiner Badetasche ging es am Nachmittag an den Strand. Es war niemand da, kein einziger Mensch. Wir schoben die Liegen fast bis an den Wasserrand, legten unsere flauschigen Handtücher darauf und fielen in einen tiefen, erholsamen Schlaf.

Das Wasser war noch kalt, aber es erfrischte uns nach dem Sonnenbaden. Ich kann mit gutem Gewissen sagen, dass dieser Platz am Meer einer der schönsten war, die ich je besucht hatte.

Am nächsten Morgen, kurz nach dem Frühstück, kamen neue Gäste an. Wir hatten fast alle Plätze neben und hinter uns frei. Nun fuhr genau hinter uns ein älteres Wohnmobil in die Parklücke.

Minuten später hörte ich eine Frau sprechen: "Das könnt ihr nicht glauben, in Frankreich liegt der Schnee zwei Meter hoch, wir haben keine Winterreifen." Eine grauhaarige Frau, etwa Mitte sechzig, mit lautem Organ zeigte jedem, ob er wollte oder nicht, die Schneemassen genau an dem Ort, an dem wir noch 4 Tage zuvor die Schranke angefahren hatten.

"Horschti, geh du mal und hole Wasser, ich koche jetzt den Hasen." Wenig später hörte man ein Zischen und Anbrat- Geräusche. Auf einer Elektroplatte in einem alten Topf wurde ein gekrümmter, gehäuteter Hase gebraten, der einen mit schwarzen Augen anstarrte. In Spanien ist Hase ein sehr günstiges Fleischgericht, und ja, der Kopf mit den Augen ist noch dran.

Manfred wurde ganz unruhig. Endlich ein paar Deutsche. Auf unserem Campingplatz waren fast nur Holländer, Franzosen, Schweizer und Spanier. Mein Mann und ich lieben es, uns auszutauschen, mal zu schnacken. Vor allem benötigten wir den Austausch mit anderen

Campern. Unsere Abwasserleitung der Küche hatte ein kleines Leck, und Freddy hätte gerne gewusst, mit welchem Material er den Schaden beheben könnte. So ein alter Camping-Veteran wie Horschti wäre sicherlich sehr hilfreich.

Pünktlich um 12 Uhr mittags aßen die beiden Neuankömmlinge ihren Hasen mit Kartoffeln. Neugierig beäugten wir die netten Sachsen. Schon bald kam die Nachbarin mit den Schneebildern von Frankreich auf ihrem Handy auf uns zu. Wir stellten uns vor, und schon bald war es, als ob wir Horschti und Christine schon ewig kennen würden. Die beiden hatten sofort erkannt, dass wir blutige Anfänger beim Campen waren. Horschti gab Freddy wertvolle Tipps, und schon bald lagen beide Männer unter dem Wohnwagen. Es ragten nur noch ihre Beine heraus. Der liebenswerte Sachse kannte in Cambrils jeden Laden, besonders den chinesischen Wunderladen, der einfach alles, was man brauchte, im Angebot hatte, und bot Freddy an, mit ihm zu fahren und Flickwerkzeug für das Leck im Tank zu holen. Auch lernten wir, dass es toll war, eine Herdplatte zu besitzen. Alle diese guten Ratschläge nahmen wir dankend an.

Als es ein paar Tage später zu regnen drohte, versuchten wir unsere Thule, unsere Markise, auszufahren. Die meisten Wohnmobile und auch Wohnwagen können ihre Markise mit der Kurbel oder elektrisch ausfahren. Bei uns war das eine komplizierte Angelegenheit. Im Internet hatte sich Freddy den Aufbau schon einmal angesehen, aber er konnte sich nicht alles merken. So verlief der erste Aufbau ziemlich langwierig. Man musste erst einmal den Reißverschluss der Stoffverkleidung öffnen. Dazu benötigte man die kleine Eingangstreppe. Dann wurde die riesige Thule ausgerollt. Freddy rollte links, ich rechts aus. Die Thule wog gefühlte Tonnen. Ich hielt sie auf der rechten Seite, sehr angespannt zwischen Daumen und den restlichen Fingern. Freddy versuchte sich zu erinnern, wo die ausklappbaren Stangen lagen, mit denen die Thule abgestützt werden sollte. Dabei erlitt ich meinen ersten Daumenkrampf.

Ich schrie auf, mein Daumen war während des Krampfes unnatürlich abgeknickt. Es tat höllisch weh. Freddy sprang in meine Richtung, nicht etwa um mir zu helfen, sondern um die Thule vor dem Herunterfallen zu bewahren. Er fluchte und schimpfte noch mit mir, dass er alleine die Thule nicht halten könne. Da kam Horschti angesprungen und half Manfred, die Thule ordnungsgemäß aufzustellen. Ich konnte es nicht glauben, dass wir so ein kompliziertes Gerät hatten. Horschti hatte immer mit einer kleinen Kurbel seine Markise in einer Minute ausgekurbelt. Ich hatte regelrecht Bammel, die schreckliche Markise ein weiteres Mal zu schließen oder zu öffnen. Aufgebaut sah unsere Markise sehr hochwertig und unglaublich groß aus. Sie nahm einen erheblichen Platz auf unserer Parzelle ein. Ich war sehr froh, dass Horschti uns in dieser Zeit stets eine helfende Hand bot.

Wir hatten schöne Tage mit den beiden verbracht, doch bald zogen sie weiter nach Murcia. Da wir uns in Cambrils so wohl fühlten, verlängerten wir unseren Aufenthalt. Schon bald kannte man fast jede Person auf dem Campingplatz.

Da waren zwei verliebte Franzosen, die ihr kleines, bescheidenes Zelt gegenüber von uns aufschlugen. Sie schienen in ihren Fünfzigern zu sein und lachten und sprachen angeregt miteinander.

Jeden Freitagabend gab es auf dem Campinggelände eine lautstarke und stimmungsvolle Fiesta. Eine spanische Band spielte bekannte Hits, entweder auf Englisch oder auf Spanisch. Es wurde viel getrunken, und es waren fast alle Campingbewohner da. Vor allem die Kinder tanzten zur Musik, und die Alten standen auch auf, wenn sie einen altbekannten spanischen Titel erkannten. Es war eine berauschende Atmosphäre, die das Lebensgefühl der Spanier sehr gut widerspiegelte. Die Menschen waren in ihren Bewegungen frei und voller Freude.

Auch wir konnten uns der angeheizten Stimmung nicht entziehen und tanzten zu den schwungvollen Rhythmen. Die beiden verliebten Franzosen waren auch bei dem Fest. Die Frau versuchte ihren Partner auf die Tanzfläche zu ziehen, sie bezirzte ihn mit tiefen Blicken und strahlendem, verheißungsvollem Lachen, doch er sträubte sich vehement. Wahrscheinlich hatte er noch nicht genug getrunken. Doch die Französin ging alleine auf die Tanzfläche, breitete ihre Arme aus und tanzte vergnügt und ausgiebig, immer mit verliebten Augen und Handküssen werfend in Richtung ihres Schatzes. Der schaute lieber auf sein Handy.

Die Feier dauerte bis weit nach Mitternacht. Wir hörten auf unserem Abendspaziergang zurück zu unserer Parzelle ein lautes Donnergeräusch. Auf ein Gewitter waren wir nicht vorbereitet, wir hatten im Wetterbericht darüber nichts gehört. Nun eilten wir schnellen Schrittes zu unserem Wohnwagen, denn meine Wäsche hing noch halb nass auf der Leine. Außerdem mussten wir unsere Thule-Markise einrollen, denn sie kann bei einem Sturm den gesamten Wohnwagen stark beschädigen. Das klappte diesmal schneller und routinierter.

Als wir alles gesichert hatten, fing es in Strömen an zu regnen. Wir hatten es gerade noch rechtzeitig geschafft. Ich schaute aus dem Fenster, es goss wie aus Kübeln. Da sah ich die beiden Franzosen zu ihrem Zelt rennen. Sie schrien vergnügt und waren bereits pitschnass, als sie in ihr Zelt stiegen.

In unserem Wagen war eine behagliche Atmosphäre, Freddy hatte die Fußbodenheizung angemacht. Wir legten uns gleich schlafen. Das stete Klopfen der harten und ergiebigen Regentropfen lullte uns schnell in den Schlaf.

Gegen 4 Uhr nachts wurde Freddy wach, es gewitterte ganz fürchterlich, und der Starkregen hatte unseren unbefestigten Weg in zwei Wasserbäche ramponiert. Freddy überlegte, abzureisen, denn es gab in der Geschichte schon viele überflutete Campingplätze. Aber ich hatte nicht das Gefühl, dass der Platz überfluten würde. Wenig später hörte der Regen auf. Wir schliefen wieder ein und erwachten am Morgen mit herrlichem Wetter. Die Sonne schien in unseren Wagen und kitzelte unsere Nasenspitzen. Froh über das schöne Wetter machte sich Freddy auf den Weg, ein Baguette zum Frühstück zu holen. Ich deckte den Tisch.

Gegenüber sah ich die verliebten Franzosen. Ihr Zelt war komplett abgesoffen. Alle Kleider und Teile des Zeltes hingen zum Trocknen auf ihrem Auto. Die beiden hatten keine Stühle und keinen Tisch dabei. Wahrscheinlich waren sie planlos, Hals über Kopf und schwer verliebt losgefahren, im Gepäck nur die Romantik. Ich wollte ihnen gerade meine Gästestühle anbieten, da waren sie auf einmal verschwunden. Wahrscheinlich gehen sie frühstücken, dachte ich mir.

Nach dem Frühstück wollten wir eine Radtour zu einer etwa 20 km entfernten Stadt machen. Dort sollte es phantastische Naturparks geben. Unterwegs kamen wir an den typischen Touristenbars vorbei. In einer saß die verliebte Französin, nun nicht mehr so ganz verliebt, denn sie saß dort alleine und hatte einen ernsten Gesichtsausdruck. Nach dieser schrecklichen Nacht in einem einfachen kleinen Zelt, in dem es vermutlich durchregnete, konnte man als Paar an seine Grenzen kommen.

Der Trip in die Stadt verlief sehr anstrengend. Auf der Hinfahrt hatten wir mächtig Wind im Rücken, da fuhren wir fast wie mit Motorantrieb, doch auf der langen Rückfahrt blies uns der Wind harsch und fest ins Gesicht. Wir kamen kaum noch voran. Meine Beine schmerzten. Ich war wütend auf meinen Mann, der die Idee zu diesem langen Ausflug hatte. Die umstehenden Restaurants und Bars waren wenig ansprechend und hatten Wucherpreise. Getränke hatten wir im Rucksack. Mit knurrendem Magen kamen wir am Nachmittag erschöpft auf unseren Campingplatz an. Manfred kaufte schnell ein paar Kaffeestückchen, und wir tranken gemütlich Kaffee und aßen Schweinsohren mit Schokolade, ein Blätterteiggebäck, das durch seine Form an ein Schweineohr erinnert. Gestärkt wurde meine Laune schlagartig besser.

Käpt´n Freddy startet zur ersten Tour

Bus und Wohnwagen sind ein langes Gefährt

Unsere Campingparzelle in Cambrils

Unser Weg zum Strand

Der Strand in Cambrils war einzigartig schön

Glasklares Wasser in La Mora

Wir grillten und kochten leckere Gerichte

CHICKEN WINGS selbst gemacht

Frischer Fisch und Krustentiere

Die Ruhe und Schönheit unserer Strände

Die Franzosen gingen von nun an getrennte Wege. Man sah sie nicht mehr zusammen, bis sie beide traurig dreinblickend nach Hause fuhren, ohne Romantik im Gepäck. Die nächsten Tage ruhten wir uns aus. Morgens gingen wir einkaufen in unseren Lieblingsmarkt Mercadonna, dann ging es zum Strand. Abends kochten wir vielfältige Köstlichkeiten, sehr viele Fischgerichte. Den Fisch kauften wir am Hafen. Ich wäre gerne öfter zum Essen ausgegangen, aber die Restaurants in diesem Ort waren nicht sehr empfehlenswert, teuer und zum Teil richtig schlecht. Doch mein Mann überraschte mich immer wieder mit seinen Kochkünsten und natürlich dem Abwasch danach. So war das Kochen ganz gut zu handhaben.

Nachts wurde ich gewöhnlich oft wach und musste zur Toilette, oder ich schaute aus dem Fenster, das ich immer einen Spalt geöffnet hatte. In dieser einen Nacht hörte ich Schritte, denn unser Weg zu den Duschen und zum Strand war nur mit Kies gedeckt. Jeder Schritt war also gut hörbar.

Und es knirschte nah an meinem Fenster, als ich die Luft anhielt. Plötzlich sah ich die Umrisse eines großen Kopfes und dann ein Gesicht direkt an meinem Fenster. Ein älterer Mann schaute unverfroren hinein. Ich rief: "Hey, was wollen Sie?" Der Mann lief schnell in Richtung der Waschräume. Mein Mann, der einen festen Schlaf hatte, drehte sich stöhnend um. "Freddy, wach schnell auf! Ein alter Mann hat in mein Fenster gestarrt!" "Ach was, das war der Holländer schräg gegenüber. Lass mich schlafen", antwortete mein Mann und war bereits wieder am Schnarchen. Von dem Schrecken und dem Adrenalin im Körper blieb ich die ganze Nacht wach und hatte ein sehr besorgniserregendes Gefühl in meiner Brust.

Frisch und gutgelaunt wurde mein Mann wie immer um Punkt 8 Uhr wach. Ich hatte Kopfschmerzen und eine üble Laune. Ich wollte jetzt, da es hell war, noch ein bisschen schlafen, doch Freddy wollte voller Kraft den Tag beginnen und pfiff gutgelaunt. "Wo sind die

Scheidungspapiere? Ich unterschreibe sie sofort." Das waren die Momente beim Camping, die des Öfteren zu Konflikten führten. Man hatte absolut keine Intimsphäre und war dem anderen hilflos ausgeliefert. Ein ausgiebiges Frühstück und eine Aspirin Tablette hatten dann meine Stimmung verbessert.

Unser unmittelbarer Nachbar, ein sehr netter Holländer namens Hans, lief mit mehreren Männern an unserem Wagen vorbei. Sie hatten ernste Gesichter und unterhielten sich angeregt. Wir hörten Sprachfetzen, darunter die Worte "Einbrüche" und "Diebe". Sofort liefen wir auf die Gruppe zu, um zu erfahren, was passiert war. Hans erzählte, dass in vier Wohnwagen eingebrochen wurde. Die Eigentümer waren mit Gas betäubt worden und man hatte ihnen dann ihr gesamtes Geld und ihre Handys gestohlen.

Das waren entsetzliche Neuigkeiten, und meine größte Angst hatte sich bewahrheitet. Mir wurde schlagartig schlecht, und auch Freddy sah ganz bedröppelt aus. Wir fuhren mit den Rädern zur Rezeption und fragten den

Campingplatzbetreiber auf Englisch, was er über die Einbrüche wusste. Er lehnte sich grinsend zurück, verschränkte die Arme hinter dem Kopf und fragte uns: "Seht ihr hier Einbrecher oder habt ihr letzte Nacht welche gesehen? Ich jedenfalls nicht." Wir waren irritiert über seine Aussage. Irgendetwas konnte doch da nicht stimmen.

Als wir auf dem Campinggelände umherfuhren, sahen wir plötzlich ein Großaufgebot an Polizisten. Bestimmt zehn Männer in dunklen Polizeiuniformen marschierten alle in eine Richtung, und wir fuhren hinterher. Sie liefen zu einem älteren Wohnwagen mit einem großen Vorzelt. Einige Forensiker in weißen Schutzanzügen pinselten um die Eingangstür herum grauen Staub auf die Oberfläche, um Fingerabdrücke zu sichern. Die Eigentümer, ein holländisches Paar um die Vierzig, standen betreten daneben. Wir hatten das sympathische Paar schon öfter im Poolbereich gesehen. Sie wirkten verzweifelt und tief erschüttert. Wir sprachen sie an und fragten, was passiert sei.

Der Holländer berichtete, dass er heute erst gegen 11 Uhr aufgewacht sei. Er und seine Frau hatten entsetzliche Kopfschmerzen. Normalerweise wachten sie mit den ersten Sonnenstrahlen auf, meistens gegen 7 Uhr, und gingen dann immer joggen. An diesem Morgen waren sie jedoch viel später als gewohnt aufgewacht und hatten bemerkt, dass der Mückenschutz durchschnitten war. Sie schliefen immer mit weit geöffneten Fenstern, aber nur mit Mückenschutz. Dann stellten sie fest, dass ihre Handys verschwunden waren. Die Geldbörse, die bei dem Mann über dem Kopfbereich auf einer Ablage gelegen hatte, war ebenfalls gestohlen worden. Außerdem wurde ihr Auto geöffnet und durchsucht. Sämtliche Geschenke, die das Paar für ihre erwachsenen Kinder aus dem Urlaub mitbringen wollte, waren verschwunden. Die Einbrecher mussten viel Zeit auf ihrer Parzelle verbracht haben, denn sie durchsuchten zwar alles, aber richteten kein Chaos an. Diese Tatsache ließ dringend vermuten, dass die Diebe ein Betäubungsgas benutzt hatten. Die schweren

Kopfschmerzen und das sehr späte Erwachen ohne einen triftigen Grund sprachen ebenfalls dafür.

Mit taten die beiden Holländern entsetzlich leid. Sie hatten einen alten, etwas schäbigen Wagen, möglicherweise nicht viel Geld, das nun auch noch gestohlen war. Es war ein Totalschaden. Die beiden mussten nach Hause reisen.

Das Schlimmste jedoch für uns war: Der Holländer war ein sehr starker und großer Mann, sicherlich 2 Meter groß, zudem äußerst sportlich und muskelbepackt. Freddy wurde augenblicklich bewusst, dass mein nächtliches Erlebnis eine sehr ernst zu nehmende Gefahr war. Die Täter hatten aller Wahrscheinlichkeit nach auch unser Fahrzeug im Auge und inspizierten es. Sie sahen gleich, dass mein Fenster geöffnet war. Mein leichter Schlaf hat uns vor Schlimmerem bewahrt.

Nun waren die Ruhe und Unbeschwertheit unseres Urlaubs vorbei. Wir hatten zwar schon vor dem Urlaub von schweren Raubüberfällen, Einbrüchen oder Gasattacken gegen Camper gelesen, aber das war nur Theorie. Wir zogen nie wildes Camping oder Camping auf reinen Stellplätzen in Betracht. Wir wollten immer sicher auf einem Campingplatz übernachten, da Campingplätze meistens nachts bewacht waren. Und nun geschah so ein Verbrechen. Nicht auszudenken, wenn das Betäubungsgas zu konzentriert in den Wagen geraten würde, das könnte bedeuten, die Atmung würde aussetzen und man liefe Gefahr zu ersticken.

Diese Gedanken waren ab jetzt für uns beherrschend. Freddy überlegte sich einen Plan, der uns vor so einem Angriff schützen könnte. In Tarragona, einer größeren Stadt und Hauptstadt von Katalonien, etwa 30 km von unserem Campingplatz entfernt, gab es ein Bauhaus. Dorthin fuhr Freddy noch am selben Tag, um eine Alarmanlage zu kaufen. Die Fahrt mit dem Rad verlief sehr beschwerlich, denn es war ein bergiges Gebiet. Freddy fuhr sein Mountainbike, mit dem Rennrad wäre es einfacher gewesen.

Ich blieb bei unserem Wohnwagen, wir hatten auf einmal das Gefühl, dass überall Einbrecher lauern könnten. Schweißüberströmt kam Freddy nach 3 Stunden zurück. Diese Fahrt hatte ihm viel abverlangt. Sogleich startete mein Mann mit der Installation seiner gekauften Ware. Nur eine halbe Stunde später war sie eingebaut. Wir prüften ein paar Mal, ob alles funktionierte.

Die merkwürdigen Geräusche, die von unserer Parzelle kamen, zogen sämtliche Campingbewohner an. Die Holländer, Schweizer und Briten wollten sich alle ansehen, was da vor sich ging. Freddy hatte einen Bewegungsmelder mit integrierter Lampe angeschlossen, die bei Dunkelheit und Betreten unserer Parzelle hell erleuchtete. Des Weiteren hatte er einen anderen Bewegungsmelder angeschlossen, der eine Tonausgabe herausgab: "Hola, buen día. Bienvenido!" übersetzt hieß das: "Guten Tag, herzlich willkommen." Das installierten Ladenbesitzer üblicherweise in ihren Eingangsbereich.

Jedes Mal, wenn Campinggäste zu dicht an unserer Parzelle vorbeiliefen, ging das Licht strahlend hell an und zeitgleich ertönte die freundliche Willkommensrede, lautstark krächzend in die Nacht. Leider ging die geräuschvolle „Alarmanlage" nachts mehrfach an. Mein Mann rannte stets zum Fenster und schaute, die Gardine auf seinem Kopf, wie ein Schleier liegend, nach draußen. Jedes Mal befürchteten wir, Einbrecher seien am Werk. Das waren anstrengende Nächte für meinen Mann. Ich sehe ihn noch heute mit seinem Gardinenschleier auf dem Kopf aus dem Fenster starren. Er litt in diesen Tagen unter chronischem Schlafmangel.

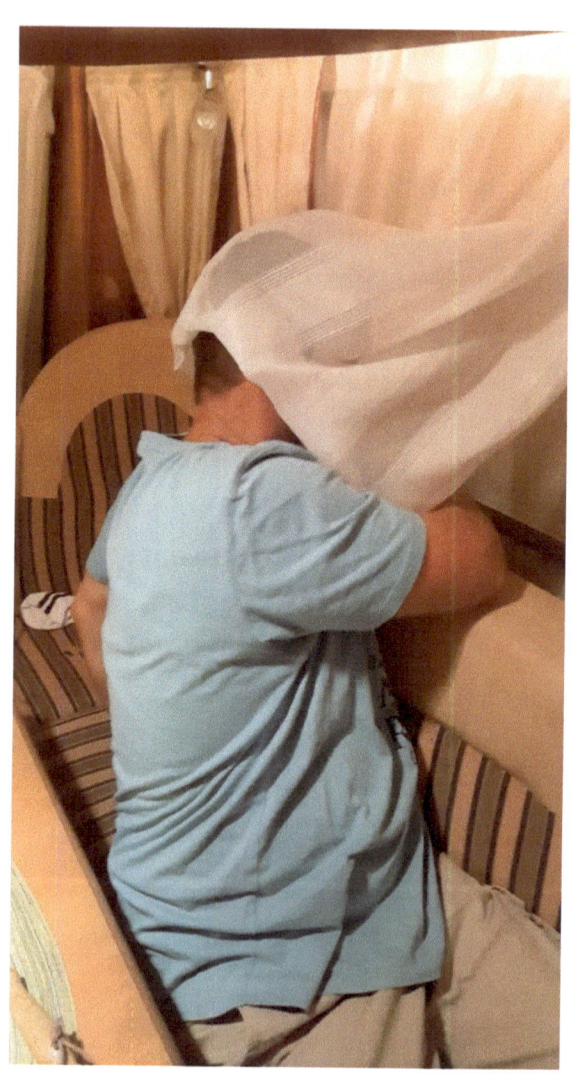

Da auch zwei Katzen zu unserer Nachbarschaft zählten und wir sie fütterten, sprang die Anlage auch bei Betreten der Vierbeiner an. Nach vier Tagen glich die zerknautschte Anmutung des Gesichts meines Mannes Inspektor Derrick (Uraltkrimiserie mit Horst Tappert, der mit seinen dicken Tränensäcken große Bekanntheit genoss). Er wollte am liebsten abreisen, denn die permanente Sorge war nun kein Spaß mehr, das war purer Horror.

Doch dann hatte er eine neue Idee. Er radelte zum chinesischen Warenladen. Dort fand er einen Fensteralarm, der angeht, sobald die Tür sich öffnet. Mit einer Angelschnur hatte er den Kontakt befestigt und so eine laut schrillende Alarmanlage konstruiert. Wenn nun jemand die Tür öffnete, entstand ein gellend schriller Ton. Wieder war nach Probealarm unsere ganze Parzelle voller neugieriger Menschen. Endlich hatten wir die Lösung gefunden. Wir konnten den "Herzlich Willkommen..." krächzenden

Sprachgesang entfernen. Der Bewegungsmelder mit hellem Licht blieb.

Jetzt kam Bewegung in unsere Parzelle, fast alle wollten nun auch die gleiche Konstruktion in ihrem Wagen haben. Viele hatten Angst vor einem nächtlichen Überfall. Uns war aufgefallen, dass schon einige Nachbarn den Bewegungsmelder mit dem Licht installiert hatten. Aber der grelle Ton überzeugte alle. Freddy besorgte den Alarm nun für alle Camper Freunde, die ihn wollten, und baute ihn auch bei allen ein. Ein Fest für meinen Mann, denn jetzt war er der beliebteste Nachbar auf dem ganzen Campingplatz. Er wurde von jedem jeden Morgen freundlichst begrüßt, und wir wurden zum Grillen mehrfach eingeladen. Aber das Beste war, wir konnten wieder schlafen.

Wir hatten nach vier Wochen Urlaub beschlossen, noch einmal zu verlängern. Wir fühlten uns einfach so wohl. Ich arbeitete jeden Tag am Nachmittag für ein bis zwei Stunden am Laptop, beantwortete Kundenanfragen und schrieb Briefe. Ich führe seit vielen Jahren eine

Immobilienfirma. Kurz vor dem Urlaub konnte ich noch zwei große Geschäftsabschlüsse tätigen. Besichtigungen sollten während unseres Urlaubs von unserem Sohn Laurenz übernommen werden, der sehr erfolgreich in unserem Unternehmen mitarbeitete. Ich hatte dafür alles schon zuhause vorbereitet. Es lief exzellent und ich musste mir keine Sorgen machen.

Wir unterschrieben den Verlängerungsvertrag und freuten uns auf eine weitere schöne Zeit. Da nun in Spanien die Sommerferien begannen, füllte sich der Platz erheblich, und es wurde zudem täglich wärmer. Im Campingwagen war die Hitze ohne Klimaanlage schwer auszuhalten. Freddy beschloss, eine Klimaanlage zu kaufen. Wir fuhren dazu nach Tarragona zum Baumarkt, der Lieblingsboutique meines Mannes. Danach gingen wir fürstlich essen und machten eine Städtetour. Tarragona ist eine sehr alte Hafenstadt mit unzähligen Sehenswürdigkeiten. Das Amphitheater aus dem 2. Jahrhundert, das direkt am Meer steht, die Nekropole mit römischen Gräbern sowie Reste des Forums befinden sich in der von einer Mauer umgebenen mittelalterlichen Altstadt. Wir konnten gar nicht genug bekommen von den vielen phantastischen Sehenswürdigkeiten. Erschöpft fuhren wir am späten Abend zurück zu unserer geliebten Parzelle in Cambrils.

Der Campingplatz hatte sich in den letzten Tagen erheblich gefüllt, und nun waren alle Plätze belegt. Man hatte von allen Seiten Nachbarn. Neben uns war ein junges spanisches Paar angekommen. Es war schon später Abend, als sie versuchten, den Wagen in die richtige Position zu stellen. Es gelang ihnen nicht. Ständig gab der Fahrer mit seinem nagelneuen Jeep viel zu viel Gas. Freddy sprang aus dem Wagen, um zu helfen, als gerade die Tagesthemen endeten. Ich beobachtete, wie mein Mann versuchte, den Spanier in die Lücke zu leiten, doch der gab hitzig weiterhin zu viel Gas oder lenkte in die falsche Richtung. Ich war ein wenig amüsiert bei meinen Beobachtungen. Der Spanier wirkte genervt und wollte eigentlich keine Hilfe, und schon gar nicht vor den Augen seiner blutjungen Frau. Er dankte Freddy, als er schief in seiner Parzelle stand.

Lautstark packte das junge Paar eine Art Laufstall für ihren Pitbull aus. Dann wollten sie ihren Hund erziehen und verlangten, dass er sich hinlegte. Die beiden machten Handbewegungen und Sprachansagen, aber der Hund hörte auf gar kein Kommando und fing an zu bellen. Anstatt mit ihrem Hund eine Runde Gassi zu gehen, einfach um ihn zu beruhigen, versuchten sie, ein Vorzelt aufzubauen. Sie warfen lautstark die Stangen und anderen Utensilien auf den Boden und sprachen sehr laut und angeregt miteinander. Zum Schluss scheiterte der Aufbau. Ich hatte den Eindruck, dass der Jeep, der Campinganhänger, der Laufstall und der Pitbull ganz neue Errungenschaften des Paares waren. Ohne Rücksicht auf andere Menschen, die vielleicht schlafen möchten, hatten sie mitten in der Nacht ihren Urlaub begonnen.

Gegen 2 Uhr nachts kehrte endlich Ruhe ein. Erschöpft konnten nun auch wir schlafen. Am nächsten Morgen, gegen 6:30 Uhr, hörten wir das laufende Auto unseres neuen Nachbarn, der im Stand wie ein Wahnsinniger Gas gab. Dann machte er es wieder aus, sogleich wieder an, bestimmt 10-mal hintereinander. Da ich mit offenem Fenster schlafe, war unser Hänger augenblicklich mit Abgasen benebelt. Ich schloss zwar schnell mein Fenster, doch es stank fürchterlich. Mein Mann fluchte unter seiner Decke. Gerade als die Abgase verflogen waren, lüfteten wir schnell wieder, um nicht noch an einer Kohlenmonoxid Vergiftung zu sterben. Kaum waren alle Fenster geöffnet, startete der Wahnsinnige erneut mit dem an- und aus-Spiel. Es ergab absolut keinen Sinn.

Aus der leichten Wut meines Mannes entstand auf einmal ein nie dagewesener, riesiger ausbrechender Vulkan. Wie von allen guten Geistern verlassen rannte Freddy in Unterhosen zu dem Nachbarn, einem großen, muskulösen und sehr jungen Spanier. Mir verschlug es die

Sprache. Wollte mein Mann etwa seinen lauten Nachbarn niederschlagen? Mein Herz schlug mir bis zum Hals. Das durfte doch alles nicht wahr sein. Zwar ist mein Mann in seinem Naturell schon manchmal schnell aufzuregen, etwa in einer Art wie Luis de Funes, aber er hat noch nie jemanden geschlagen und neigt immer zu friedlichen Lösungen in Gesprächen.

Jetzt stand mein Mann Nase an Nase mit dem Spanier auf dessen Parzelle. Ein sehr komischer, fast karikaturistischer Anblick, wenn es nicht so ernst gewesen wäre. "Du machst jetzt dein stinkendes Auto aus, am besten haust du ab!", waren die Worte meines Mannes, die er herausschrie, bis sich seine Stimme überschlug. Der Spanier befreite sich aus der engen Situation und sprach hektisch in Spanisch über seine Perspektive, die wir natürlich genauso wenig verstanden wie er unsere. Beleidigt zog er sich in seinen Hänger zurück, Freddy kam wieder in unseren Hänger. An Schlaf war nun nicht mehr zu denken. Mein Mann blieb noch viele Stunden aufgebracht.

Gegen 10 Uhr kam der lautstarke Nachbar mit dem Campingplatzbetreiber zu unserer Parzelle. Der Sohn des Betreibers erklärte uns auf Englisch, dass er keine Gewalt auf seinem Platz dulde. Wir wiederum berichteten von den nächtlichen Eskapaden des jungen Paares. Wir hörten nur, wie unser Nachbar hektisch mit den Armen fuchtelnd immer wieder über "Alemania" sprach.

"Der Deutsche hat das, der Deutsche tat dies." Am Ende wies der Sohn des Campingplatzbesitzers dem Paar einen neuen Stellplatz zu, denn es waren an diesem Tag gerade Gäste abgereist.

Ein großes Glück für uns, denn jetzt hatten wir wieder unsere Ruhe. Am nächsten Tag waren unsere neuen Nachbarn wieder Spanier, ein sehr nettes Paar aus Madrid. Doch der Platz war nun aus unserer Sicht völlig überfüllt. Die Waschräume, Duschen und Toiletten wurden durch den zunehmenden Gebrauch schmutziger. Ich wusch meine Wäsche immer von Hand. Eigentlich wollte ich gerne die angebotenen Waschmaschinen nutzen. Doch an dem Tag, als ich eine Ladung Wäsche in die Maschine legen wollte, sah ich ein älteres Paar, das seine völlig verdreckte Hundedecke in die Maschine warf. Dieser Anblick ekelte mich derart, dass ich wohl nie wieder eine öffentliche Waschmaschine benutzen kann. Stattdessen nutzte ich die einladenden Wäschestellen mit großen Waschbecken und Ablagen für meine Wäsche. Ich legte jedoch die Wäsche nie in das Waschbecken, sondern benutzte meine beiden Spüleimer (Wir hatten extra einen zweiten Eimer dafür im chinesischen Laden gekauft).

Diese Tatsache war mein Glück, denn eine sehr freundliche Nachbarin aus Frankreich warf neben mir ihre Unterwäsche in das Waschbecken, ließ heißes Wasser einlaufen und gab ihr sehr wohlriechendes Waschpulver dazu. Als sie ihre Wäsche drehte, drückte und wendete, sah ich plötzlich Muschelschalen und andere eklige Müllreste auf den Unterhosen. Ich wies sie darauf hin. Die sehr gepflegte Französin schrie angewidert auf und sah zu ihrem

Bestürzen, dass das ganze Waschbecken mit Muschelschalen, Fischköpfen und schleimigen Calamari-Resten gefüllt war. Irgendeine Person hatte ihre Fischmahlzeit im Waschbecken gewaschen und sämtlichen Müll zurückgelassen. Nicht jeder auf dem Campingplatz hinterließ die öffentlichen Sanitäranlagen so, wie er sie vorgefunden hatte.

Wir fühlten uns plötzlich nicht mehr ganz wohl und beschlossen, bald abzureisen. Auch unsere Lieblingsnachbarn, ein älteres holländisches Paar, hatten die Nase voll und reisten unvermittelt ab. Das stimmte uns zusätzlich sehr traurig. Die beiden hatten uns zuvor freundlicherweise ihre ACSI-Karte überlassen. Mit der ACSI-Karte und einem Buch über die ACSI-geführten Campingplätze konnte man während der Nebensaison viel Geld sparen, denn es gab große Vergünstigungen. Das lohnte sich immer.

Zu unserer Bestürzung zog ein sehr alter Campingwagen auf die Parzelle unserer lieben Nachbarn. Der Wohnwagen war stark vergilbt, roch schon von Weitem nach Schimmel und war vor Dreck nicht zu übersehen. Die Eigentümer dieses unerfreulichen Gefährts waren Franzosen mittleren Alters. Der Mann des "Hauses" schloss als erstes sein kleines Fernsehen draußen an. Das Gerät gab kratzende Töne von sich, laut und schrill. Dann kickte er eine große Schachtel nach draußen. Darin befand sich die Tagesration Bier in Dosen, etwa zwanzig Stück. Später kamen die Essensdosen an die Reihe.

Er türmte die Dosen, seitlich des Wohnwagens auf.

Seine Frau saß die ganze Zeit erschöpft auf einem schon in die Jahre gekommenen Campingstuhl, der sich unter ihrem Gewicht stark nach unten bog. Sehr laut und unflätig rülpste der Franzose, strich sich über seinen vorstehenden Bauch und fing an Wäscheleinen aufzuspannen. An die Wäscheleine hängte er verschiedene Plastikfolien, die als Sichtschutz und Vorzelt dienen sollten. Die Anmutung seines Aufbaus sah sehr schäbig aus, zudem stank alles stark nach Schimmel. Während seiner ganzen Aktionen hatte der Mann stets eine Zigarette im Mundwinkel. Der Gestank zwischen Schimmel und Rauch zog genau zu uns, passend zum Frühstück.

Nun war das Maß voll. Wir beschlossen, am nächsten Tag weiter nach Frankreich zu reisen. Dort gab es wundervolle Natur-Campingplätze, und wir erhofften uns etwas mehr Ruhe. An unserem letzten Tag, einem Freitag, fand wie immer wieder eine Siesta statt. In Spanien hatten die Sommerferien begonnen, deshalb waren viele spanische Großfamilien angereist, die sich hauptsächlich Holzhäuser und Zelte mieteten. Auf den Wiesen waren unzählige Grills aufgestellt, und ein großes Lagerfeuer erhellte den Platz. Es stank beißend nach Rauch und angebranntem Fleisch. Und es war laut, sehr laut. Die Kinder sprangen bis drei Uhr morgens auf dem Gelände herum. Das war nichts mehr für uns.

Ganze sechs Wochen hatten wir in Cambrils verbracht, jetzt war es Zeit für unsere Rückreise. Wir freuten uns auf Zuhause, auf unsere Arbeit und unser schönes geräumiges Haus. Am nächsten Morgen um 10 Uhr fuhren wir unter großem Hupkonzert, heftigem Winken und etwas schwerem Herzen Richtung Heimat. Wir hatten all unsere Nachbarn und sämtliche Campingbewohner sehr gerne gehabt, zusammen gelacht und mächtig diskutiert. Jetzt würden wir die liebgewonnenen Menschen so schnell, wenn überhaupt, nicht wiedersehen.

Wir fuhren gemütlich ohne Stress etwa fünf Stunden und beschlossen, nahe der Stadt Narbonne auf einem in herrlicher Natur liegenden Campingplatz zu übernachten. Auf dem Weg dorthin fiel uns auf, dass diese Bundesstraße wohl ein Treffpunkt für Straßenprostitution sein musste. Überall standen diverse Damen am Straßenrand. Ich war erschrocken über die Vielzahl der Frauen, die dort ganz alleine an einem angrenzenden Waldgebiet ihre Dienste anboten. Ich mochte mir gar nicht vorstellen, welcher Gefahr sie sich dort aussetzten.

Der Campingplatz in der Nähe von Narbonne
war sehr großzügig angelegt. Die einzelnen
Parzellen boten durch dichte Hecken und ein
eigenes Dusch-Toilettenhäuschen eine
wunderbare Privatsphäre. Wir fanden bereits
nach nur fünf Minuten einen sehr schönen
Stellplatz. Ich machte uns erst mal einen
schönen Cappuccino, und wir genossen das
warme Wetter.

Da es erst früher Nachmittag war, hatten wir viel
Zeit und beschlossen, mit den Rädern
Narbonne zu erkunden und später dort zu
essen. Freddy suchte für uns einen geeigneten
Radweg zur etwa 10 km entfernten Stadt. Da
wir ungern an der Straße fuhren, beschloss er,
einen Weg durch ein Naturgelände zu nehmen.
Dort führte ein unbefestigter schmaler Weg
nach Narbonne. Ich fuhr ein kleines Stück
voraus, um den Anfang des Weges zu finden,
während Freddy noch die Landkarte studierte.
Als ich die Einfahrt des gewählten Weges fand
wartete an der dort angebrachten
Straßenlaterne.

Plötzlich, wie aus dem Nichts, kam ein kleines Auto mit hoher Geschwindigkeit vorbeigerast und legte eine Vollbremsung hin. Das Auto drehte sich einmal um sich selbst und kam dann zum Stehen. Ich hatte mich furchtbar erschrocken und dachte, dass das Auto verunfallt sei. Als ich in den Wagen schaute, sah ich einen etwa 30-jährigen jungen Mann, der freundlich zu mir hinüberlachte. Ich war erleichtert, dass nichts Schlimmes passiert war.

Dann hupte der junge Mann, und ich fuhr zu ihm rüber. Er sprach natürlich Französisch, aber durch eine Handbewegung gab er mir zu verstehen, dass ich mich zu ihm setzen solle. Da wurde mir schlagartig klar, dass er dachte, ich sei eine Prostituierte. Geschockt fuhr ich schnell in die Campinganlage. Ich hätte genauso gut seine Mutter sein können. Mein Mann war darüber sehr belustigt, wenn auch ein wenig schockiert, und ich hatte vor Schreck lauter rote Flecken an meinem Hals.

Unsere Erkundungstour ging los. Wir fuhren durch unwegsames Gelände auf einem mit riesigen Steinen belegten Schotterweg, der schon sehr grünverwachsen aussah. Mein Rad sprang unter den Steinen häufig zur Seite, und ich war besorgt, dass ein Reifen platzen könnte. Freddy fuhr vor, um den Weg zu erkunden. Unsere Route war endlos weit und anstrengend. Ausladende Felder, bewachsen mit wilden Disteln und Brennnesseln, säumten unseren Blick. Und natürlich Steine, nichts als Steine. Nach etwa einer dreiviertel Stunde sahen wir eine große Brücke, über die viele Autos fuhren. Wir hatten es geschafft.

Ganz in der Nähe der Brücke lag ein Kentucky Fried Chicken. Das sollte für heute unser Restaurant sein. Vorher wollten wir noch ein wenig die ansprechende Stadt erkunden. Wir fanden schöne alte Gebäude wie das Rathaus, das Gerichtsgebäude und einiges mehr. Dann kamen wir an ein unscheinbares Haus, eine Art Gewerbegebäude, vor einem einladenden Park, in das einige schick gekleidete Leute gingen. Eine riesige Treppe führte in das Gebäudeinnere. Dort waren ein Hallenbad und ein Friseurgeschäft ansässig. Doch viele Leute, die die Treppe hochliefen, trugen zum Teil Abendkleidung.

Ich checkte die Werbeschriften an dem Gebäude. Unter anderem stand dort "Grand Buffet": Hier konnte man wunderbar essen gehen, dazu noch in einem Buffet-Restaurant. Das liebte ich seit unserer Zeit, als wir in Amerika lebten. Dort hieß es immer "All you can eat". Freddy wollte sich das Restaurant erst einmal von innen ansehen. Ich wartete bei unseren Fahrrädern. Mein Mann blieb sicherlich eine Viertelstunde weg. Ich fragte mich, warum das so lange dauern konnte.

Dann kam er mit stolzer Brust und geröteten Wangen auf mich zu. Er schloss unsere Räder am Fahrradständer ab und streckte seinen Arm aus: "Darf ich bitten, Madame?" Ich hakte mich bei ihm ein und freute mich auf ein schönes Abendessen. Wir waren leger gekleidet, passend für die lange Radtour. Als wir am Eingang des Restaurants ankamen, traute ich meinen Augen nicht. Ein feudaler Eingang führte uns in die Empfangshalle. Ich fühlte mich wie eine Schauspielerin aus vergangenen Zeiten, in größtem und höchstem Luxus versetzt. Es schien, als ob wir auf der Titanic angekommen waren.

Das Licht im Restaurant war gedämpft. Der Empfangsleiter machte im Frack einen tiefen Diener zur Begrüßung und winkte augenblicklich einen Ober herbei, der uns sehr freundlich an einen wunderbaren Tisch führte.

Verstohlen sah ich auf meine Kleidung hinab. Ich wäre viel lieber festlicher angezogen. Doch viele Franzosen waren ebenfalls kausal gekleidet, hatten Flip Flops und Strandkleidung an. Mit großen Augen schaute ich mich um. Das konnte doch wohl nur ein Traum sein. Wir sahen riesige Buffets mit Fischen und Krustentieren, Hummer, Muscheln, Riesengarnelen. Dahinter gab es ein üppiges Buffet mit Käse aller Art. Die Speisen waren unter riesigen Messingplatten und zum Teil mit edlen silbernen und goldenen Topfdeckeln abgedeckt. Die Köche, die eifrig umherliefen, trugen alle hohe weiße Kochmützen.

Das gigantische Fleischbuffet bot alle Sorten von Fleisch, die man sich nur vorstellen konnte. Alles sah so appetitlich und frisch aus. Vieles wurde gegrillt oder hing an Spießen. Allein dort boten etwa zehn Köche ihre Dienste an. Dann sah man das Dessert- und Kuchenbuffet. Niemals zuvor hatte ich eine solche Vielfalt und Schönheit gesehen. Phantastisch gestaltete Torten aller Art, Pralinen, Pudding, Sorbets, Parfaits, Eis und vieles mehr.

Als wir am Tisch saßen, wurde uns ein persönlicher Weinexperte zugeteilt. Manfred flüsterte mir zu, dass er genau hundert Euro dabei hatte. Das würde das Buffet für uns beide kosten. Leider waren die Getränke nicht inkludiert. Mein Herz begann zu rasen. Heimlich schaute ich in meine Tasche. Dort hatte ich immer ein wenig Notgeld dabei.

Ganze zehn Euro konnte ich zusammenkratzen. Eine Cola kostete hier schon 5,80 Euro, geschweige denn die Kosten für ein Glas Wein.

Das würde nicht reichen. Mir wurde regelrecht heiß, und schon jetzt hatte ich unbeschreiblichen Durst.

Der Weinexperte dachte, dass wir noch Zeit für die Wahl unseres Weines benötigten und zog sich höflich zurück. Wenig später kam er mit einer riesigen Karaffe Wasser zurück. Ich fragte ihn, was das Wasser kosten würde. Er verstand leider nichts. Dann zeigte ich auf die Getränkekarte und bat ihn, mir die Karaffe zu zeigen. Er winkte ab. Das Wasser war frei, in Frankreich in den meisten Restaurants. Es handelte sich meistens um ganz einfaches Leitungswasser. Doch dieses eisgekühlte Wasser hatte einen phantastischen Geschmack. Wir tranken in unseren edlen Weingläsern dieses weiche und wohlschmeckende Wasser.

Der Ober war ein wenig irritiert, aber das sollte uns egal sein. Auf ging es zu den Buffets. Ich hätte mich am liebsten schon bei dem einladenden Fischbuffet satt gegessen, doch wir wollten so viel wie möglich von diesen verführerischen Gerichten für Augen und

Gaumen probieren. Die Pasteten waren unbeschreiblich. Ich fühlte mich wie Alice im Wunderland. Das Restaurant war riesig. Ein Musiker betätigte das Klavier, überall standen wunderschöne Aquarien. Die Menschen standen am Eingang mit sogenannten Piepern, die aufleuchteten, wenn ein Tisch frei wurde.

Normalerweise buchte man für dieses Restaurant schon Wochen vorher einen Platz, doch mein Mann hatte den Entrance Chef angefleht, uns als Touristen diese einmalige Möglichkeit zu bieten. Doch der Chef verneinte, bis ein anderer Mann dazu kam. Er hatte wohl eine andere Position. Er flüsterte dem Entrance Chef etwas ins Ohr. Danach stimmte der Chef meinem Mann zu. Das war die lange viertel Stunde, die ich draußen wartete.

Ich konnte kaum glauben, dass angesichts dieser hohen Preise das ganze Restaurant gefüllt war. Viele Familien feierten hier zusammen, möglicherweise Geburtstage oder einfach eine frohe Zusammenkunft. Die Menschen waren ausgelassen und voller

Freude. Es spiegelte die Lebensart der Franzosen wider. Es war sehr schön und ein Privileg für mich, dass ich einen so wunderbaren Abend mit meinem Mann hier in diesem einmaligen Restaurant verbringen durfte.

Die Stunden verflogen. Wir bemerkten mit Schrecken, dass es bereits dunkel wurde. Der lange Rückweg musste noch bewältigt werden. Wir brachen auf. Die 10 Euro aus meiner Tasche gaben wir dem netten Weinexperten als Trinkgeld. Der junge Mann freute sich sehr und bedankte sich überschwänglich bei uns.

Mit einem übervollen Magen und etwas Angst vor der Dunkelheit und dem einsamen Weg brachen wir auf. Als wir die Brücke herunterfuhren, erschraken wir. Unter der Brücke saßen merkwürdige Gestalten, sie schrien uns an. Ich konnte nur Umrisse sehen. Mein Mann rief mir zu: "Schnell weg hier, trete in die Eisen."

Ich fuhr meinem Mann mit Vollgas hinterher. Ich konnte den Verlauf des Weges nicht klar erkennen und fuhr immer wieder über große

Steine, die mein Rad zur Seite rutschen ließen. In Panik fuhr ich immer schneller, hatte Angst, dass diese komischen Gesellen uns verfolgen. Ich drehte mich immer wieder um, schaute nur in eine rabenschwarze Nacht. Dann beruhigte ich mich wieder. Niemand war hinter uns her. Unsere Radlichter leuchteten bescheiden in die Dunkelheit. Ich konnte kaum etwas sehen. Die Fahrt dauerte eine halbe Ewigkeit und forderte meine ganze Kraft heraus. Völlig erschöpft kamen wir am Campinggelände an. Wir tranken noch ein kleines Glas Wein, wurden dann aber von riesigen Stechmückenschwärmen attackiert und gingen schlafen.

Am nächsten Morgen fuhren wir weiter Richtung Heimat. Wir mussten noch zweimal in Frankreich übernachten, bevor wir wieder in Deutschland sein würden. Auf dem Hinweg zu unserem letzten französischen Campingplatz mussten wir wieder durch enge Gassen fahren. Freddy sah eine Bodenwelle, die farblich nicht anders gekennzeichnet war, erst zu spät und fuhr viel zu schnell darüber. Der Hänger sprang ein wenig nach oben, in unserem Bus schepperte es verdächtig.

Normalerweise sollte man alle Utensilien wie Geschirr, Töpfe, Badeartikel etc. sicher im Hänger verstauen. Freddy riet mir immer und jedes Mal bei Abreise, alles in große Plastikbehälter mit Deckel darauf sicher unter das Bett zu ordnen. Mir war das zeitweise zu umständlich, deshalb lagerte ich manche Artikel im Bad, in den Badstaufächern, die mir tief genug und sicher erschienen.

Nachdem wir kurz nach diesem Sprung über die Welle an dem Campingplatz ankamen, ahnte ich nicht, welches Grauen sich mir eröffnen würde. Als ich die Tür öffnete, um die Wasserwaage aufzustellen, sah ich vorerst nichts Verdächtiges. Das Plastikgeschirr und die Töpfe ruhten sicher in den verschlossenen Schränken. Doch als ich das Badezimmer betrat, traf mich der Schlag. Das gesamte Bad war verschmutzt mit zahllosen Nagellackspritzern, es gab kaum eine Fläche ohne die dunkelroten Farbkleckse.

Die kleine neue Nagellackflasche war nach dem Stoß der Bodenwelle aus dem Einbaufach herausgeschleudert worden, knallte auf das Waschbecken, das jetzt ein kleines Loch hatte, zersplitterte dabei und spritze die ganze Farbe durch den gesamten Raum. Alles stank entsetzlich nach Nagellack. Mein Herz klopfte wie verrückt. Ich drehte mich um, sah Freddy, der mit dem Stromkabel hantierte und von alledem nichts ahnte. Es war so furchtbar, so schlimm. Das schöne neue Bad verschandelt bis in die kleinste Ecke.

Ich erinnerte mich, dass ich kurz vor unserer Abreise einen neuen Nagellackentferner gekauft hatte. Es war jener Entferner, bei dem man den Finger in eine Flasche durch einen Schwamm stecken musste und hin und her bewegte, bis der Nagellack verschwunden war. Schnell klappte ich mein Bett hoch, darunter standen die Plastikkisten. Ich hob einen der Deckel ab und fand zum Glück sofort das rettende Döschen. Meine Ohren rauschten. Würde der Nagellackentferner womöglich das Holz beschädigen oder hell färben? Ich riss in Hektik ein Reinigungstuch ab, tunkte es mit zitternden Händen in die enge Flasche und wühlte mich durch den Schwamm, um so viel Nagellackentferner zu ergattern, wie es eben ging.

In dem Moment kam Freddy in den Wagen und fragte mich, was da so schrecklich stinken würde. Ich schrie ihn an und sagte, er solle rausgehen, es sei etwas passiert, was ich jetzt in Ordnung bringen würde. Völlig außer mir rieb ich mit dem Reinigungstuch die Spritzer weg, dabei hielt ich die Luft an – nicht wegen des Gestanks, sondern wegen der riesigen Anspannung und dem Adrenalinkick, der sich in mir gebildet hatte. Ich konnte jeden einzelnen hässlichen Farbfleck eliminieren, ohne dass sich die Farbe oder das Material der Holzschränke veränderte. Danach wischte ich die behandelte Fläche sofort mit Spülwasser nach und polierte zum Schluss mit Glasreiniger. Mir war während des Putzmanövers entsetzlich heiß, denn das Thermometer stieg fast auf 40 Grad. Ich schrubbte ohne Unterlass, bis der letzte sichtbare Spritzer verschwunden war. Ich hatte das Ober- und Seitenfenster weit geöffnet. Gott sei Dank mischte sich Freddy in mein Malheur nicht weiter ein. Er wollte das Unausweichliche gar nicht sehen. Ich hatte jetzt auch überhaupt keine Lust auf Vorwürfe oder Gemecker von meinem Mann. Es war für mich schlimm genug, dass es durch meine Unbesonnenheit und Falscheinschätzung überhaupt dazu gekommen war. Ich konnte nicht glauben, wie sauber das Bad nach einer halben Stunde war. Einzig der Teppich im Bad musste dran glauben. Da half der beste Nagellackentferner nicht mehr. Ich entfernte ihn. Zum Glück war unter dem Teppich keine Farbe durchgedrungen. Als ich in den Spiegel schaute erschreckte ich mich über mein eigenes Spiegelbild. Meine Haare waren klatschnass, meine Schminke hing unter meinen Augen und mein Gesicht sah sehr gestresst aus. Doch ich war unsagbar erleichtert und froh, dass mein Mann dieses Bild der hunderten Farbspritzer niemals sah. Er hatte es ganz sicher geahnt, aber erkannt, dass ich durch den Vorfall sehr gestresst war. Später sagte er mir, dass er den Teppich eh nie leiden konnte und einen viel Flauschigeren für uns kaufen würde. Zu dem kleinen Loch im Waschbecken hatte mein Mann sich nie geäußert. Mir hatte sich dieses Geschehen in mein Gehirn gebrannt. Ich würde nie wieder auch nur das kleinste Stück ungesichert im Hänger lassen.

Das war unsere erste, fast siebenwöchige Campingtour. Wir hatten uns wirklich wunderbar erholt. Körperlich waren wir fitter denn je, denn wir fuhren jeden Tag im Durchschnitt 30 km mit dem Rad. Meine anfängliche Abneigung war zum Teil berechtigt. Camping hieß auch immer Arbeit, egal ob man wollte oder nicht. Man hatte immer etwas zu tun. Und man musste als Beifahrer neben dem Wagen herlaufen oder sogar rennen, wenn es eng wurde – daran ging kein Weg vorbei. Aber man gewöhnte sich an diese Routine, man gewöhnte sich mit der Zeit an alle Routinen. Was war nun der bessere Urlaub, was war das Resümee dieses Trips? Selbstverständlich

könnte man sich auch in zwei Wochen auf
Mallorca oder Teneriffa sehr gut erholen
während eines Hotelurlaubs. Aber da würde
man nicht unbedingt sechs Wochen bleiben.
Die lange Auszeit miteinander hatte uns als
Ehepaar sehr gefordert. Man musste sich an die
Enge des Wagens erst gewöhnen.
Selbstverständlich war das Zusammensein mit
meinem seit Ewigkeiten verheirateten Mann in
diesem engen Raum eine große
Herausforderung. Da waren
Auseinandersetzungen und so mancher Streit
unvermeidbar. Am Anfang unserer Reise
herrschte kein Friede-Freude-Eierkuchen
zwischen uns, sondern manchmal hätte ich
meinem Ehegatten gerne den Hals umgedreht.
Mein Mann hatte während des Trips imaginär
seine Kapitänsmütze auf, ich war sein Matrose
und musste seinen Anweisungen Folge leisten.
Keine einfache Rolle für mich, da ich mir nicht
gerne sagen lasse, was zu tun ist. Aber wir
mussten zusammenarbeiten, weil es alleine
nicht funktionieren würde. Die An- und
Rückreisen waren sehr beschwerlich und

stressig. Einmal am Urlaubsort angekommen, konnten wir uns wunderbar entspannen. Die lange Zeit in Cambrils gab uns viel Zeit, uns zu erholen. Mit einem Wohnmobil hätte man es natürlich auch etwas einfacher, denn mit dem Hänger war unser Gesamtgefährt unglaublich lang, wie ein riesiger LKW. Enge Straßen, Kurven, Verkehrskreisel und Bodenwellen waren ein Graus mit dem Gespann. Da hatte ich mich öfters mal gefragt: „Warum tun wir uns das an?" Auch das Anhängen, Ranfahren an die Anhängerkupplung mit dem Handy in meiner Hand, um meinen Mann zu navigieren, war schrecklich für mich. Ich hatte immer das Gefühl, ihn nicht richtig einweisen zu können und geriet dabei in Stress. Dabei verwechselte ich links und rechts, was meinem Mann natürlich gar nicht weiterhalf. Selbstverständlich regte sich Freddy dann immer auf und warf mir vor, dass er alles alleine machen müsse. Ich regte mich dann auch auf, beschimpfte ihn und den verfluchten Campingurlaub. Das war auch die Realität. Ganz wichtig zu erwähnen wäre auch die Ruhe und der Frieden auf einem

Campingplatz. Wenn plötzlich sehr viele Menschen eng an eng in ihren Parzellen standen, dann wurde es für uns persönlich ungemütlich. Wir machten diese Erfahrungen und es gefiel uns nicht. Glücklicherweise waren wir in der Vorsaison gereist, da gab es überall genug Platz und viel Ruhe, außer am Ende des Urlaubs. Wir hatten sehr viele neue Eindrücke gewonnen und Menschen aus verschiedenen Ländern kennengelernt. Wir hatten Abenteuer und viele Erlebnisse aus dieser Reise mitgenommen, die wir in einem herkömmlichen Hotelurlaub so nicht hätten erleben können. Aber wir mussten auch sehr viel arbeiten und waren sehr selten auswärts essen. Mir fehlte es außerdem, dass wir uns mal richtig schick machen konnten. Camping hatte für mich nichts mit Luxus zu tun, außer vielleicht den Luxus, seine Ruhe zu haben. Meine Nägel waren zu dieser Zeit spröde, der Nagellack splitterte stets ab und ich sah zum großen Teil alles andere als attraktiv aus. Aber wie es mit allen Dingen so ist, nichts ist perfekt.

Ein Jahr später – unsere 2. Tour

Wir hatten wieder ein richtig langes und arbeitsreiches Jahr hinter uns gebracht. Meine Geschäfte liefen gut, ich hatte viele Immobilien zu vermarkten und entsprechend war meine Zeit bis spät in den Abend mit Terminen belegt. Auch die Sonntage mussten herhalten. Einige Kunden reisten extra von weiter her an, um eine Immobilie zu besichtigen. Ich setzte mir auch in diesem Jahr wieder hohe Ziele, die mir einige Herausforderungen abverlangten. Ich hatte zu dieser Zeit das Gefühl, dass nicht ein einziges Objekt, welches ich vermarktete, unkompliziert oder einfach zu verkaufen wäre. Es lagen immer Probleme vor. Entweder Erbstreitigkeiten, fehlende Baupläne, die auch nicht auf dem Bauamt zu finden waren, Eigentümer, die sehr umständlich mit Interessenten umgingen usw.

Auch die immer größer werdende vorgegebene Bürokratie machte mir meine Arbeit nicht gerade leichter. Man musste immer mehr Papierkram bewältigen, erklären und unterschreiben. Die Buchhaltung sollte zwischenzeitlich jeden Monat bei unserem Steuerberater abgegeben werden. Wir hatten eigentlich unter der Woche kaum frei. Lediglich am Sonntag gingen wir nach meinen Terminen für zwei Stunden wandern. Dann war schon wieder Montag.

Aber ich müsste lügen, wenn ich behaupten würde, dass mir alles zu viel wurde. Die Arbeit lenkte mich von meinen chronischen Schmerzen wegen einer Rückenerkrankung ab. Mitte Vierzig hatte ich meinen ersten Bandscheibenvorfall, vier Jahre später meinen zweiten. Ich ließ mich damals nicht operieren, sondern entschied mich für die konservative Heilungsmethode. Bei meinem zweiten Vorfall musste ich ins Krankenhaus, da ich so schlimme Schmerzen in meinem Bein und Gesäß hatte, dass ich zeitweise an den Schmerztropf gehängt wurde. Mir wurden außerdem Wurzelspritzen gesetzt, die sogenannte periartikuläre Therapie, kurz PRT genannt. Sie ist die perkutane Applikation von Medikamenten, die lokal an eine Nervenwurzel gesetzt wird, ein Eingriff im OP-Raum, der mir entsetzlich weh tat. Die Wurzelspritzen wurden genau an die schmerzenden Stellen am Ischias Nerv gespritzt. Ich hatte die Spritzen zweimal wöchentlich erhalten. Pro Behandlung waren das etwa drei Spritzen. Danach ging es mir zeitweise ein wenig besser.

Doch wenn ich ganz ehrlich bin, hatte ich seit meinem zweiten Vorfall keinen einzigen völlig schmerzfreien Tag mehr. Die Schmerzen befinden sich in der Lende und in den Beinen. Ich hatte unzählige Physiotherapien und viele Sportübungen hinter mir, und trotzdem blieben die Schmerzen. Schmerzmittel nahm und nehme ich keine, sehr selten mal Ibuprofen. Ich wollte nicht in einen Kreislauf von immer mehr Tabletten geraten, denn ich kenne genug Leidensgenossen, denen es kein Stück besser ging, obwohl sie bereits Opiate nehmen mussten, da andere Mittel nicht mehr halfen.

In diesem Jahr hatte ich viel Ablenkung. Wenn ich mit meinen Kunden beschäftigt war, spürte ich meine Schmerzen nicht.

Aber wir spürten, dass die Zeit für den nächsten Urlaub gekommen war. In mir brodelte ein Prickeln, war es Vorfreude? Und ein wenig Angst auf unseren nächsten Camping-Trip. Hatte ich Lust darauf? "Jain".

Wir fuhren etwas später los, da ich noch mehrere Notar-Abschlüsse begleiten wollte. Es war schon beinahe Ende Mai, als es losging.

Diesmal begleitete uns angenehmes Reisewetter. Mein Mann hatte diesmal in wochenlanger Vorrecherche viele Campingplätze ausgesucht, die wir während unserer Reise besuchen wollten. Da wir nun stolze Besitzer der ACSI-Karte und des ACSI-Buches mit all den schönen Campingplätzen waren, lohnte es sich, einige dieser Plätze auszuwählen. Man konnte erhebliche Kosten in der Vor- und Nachsaison für den Aufenthalt sparen, manchmal bis zu fünfzig Prozent. In der

Hauptsaison konnte man die ACSI-Karte nicht nutzen (die Karte kostete nur 20 Euro).

Es ging am letzten Maitag los. Unser erster Stopp war wieder Gießen, am See. Eine störungsfreie Zeit mit Apfelwein, Schnitzel und Pommes und einem ungestörten Blick direkt auf den Wismarer See. Die Pächter des Platzes freuten sich, uns auch dieses Jahr zur Durchfahrt begrüßen zu können. Es war immer schön, vertraute Gesichter auf der Reise zu treffen.

Wir fuhren diesmal nicht weiter nach Freiburg, sondern wollten gleich hinter der Grenze in Frankreich an einem wunderschönen Platz, mitten zwischen Feldern und Wald, übernachten. Da der Platz sehr viele freie Parzellen bot, suchten wir uns ein lauschiges Plätzchen inmitten der Natur, keine unmittelbaren Nachbarn. Nachdem wir ordentlich abgestellt waren, wollten wir eine kleine Radtour unternehmen. Durch das lange Fahren mussten wir uns bewegen, sonst wären wir völlig eingerostet.

Leider gab es in diesem Gebiet keine Radwege, sondern nur schmale Trampelpfade. Zum Wandern ganz spannend, zum Radfahren für uns ungeeignet. Wir schoben unsere Räder in der Hoffnung, doch noch einen brauchbaren Waldweg zu finden. Die kleine Landstraße, auf der wir angereist waren, schien uns sehr eng. Einige Autofahrer nutzten diese Straße als Rennstrecke. Das war uns zu gefährlich.

Nach einer Stunde gingen wir zurück zu unserer Parzelle. Wir aßen Brot und eine Dose Fisch, dazu tranken wir ein kühles Bierchen. Es wurde langsam dunkel. Wir beschlossen, duschen zu gehen. Unglücklicherweise war die Außenbeleuchtung und das Licht in den Einzelduschkabinen mangelhaft. So duschten wir beinahe in Dunkelheit. Die Kabinen waren alt und rochen moderig. In meiner Phantasie hingen dort überall Spinnweben. Entsprechend schnell waren wir beide fertig. Freddy baute unsere Satellitenschüssel auf, denn ich wollte gerne die Tagesthemen schauen.

Wir hatten hervorragenden Empfang. Eingekuschelt lagen wir im Bett und hörten die politischen Wichtigkeiten des Tages, als wir auf einmal einen Lichtstrahl in Richtung unseres Fensters wahrnahmen.

Wir schauten aus dem Fenster und sahen eine Gestalt mit einer Taschenlampe herumlaufen. Da es draußen stockdunkel war, konnten wir nur Umrisse erkennen. Freddy glaubte, er sehe einen jungen Mann. Augenblicklich fing mein Herz zu rasen an. Die Erinnerungen des ersten Urlaubs mit den Einbrüchen und der Gasattacke steckten uns noch immer in den Gliedern.

Wir löschten unser Licht und schauten angestrengt in die Dunkelheit. Freddy schaute schnell noch einmal nach, ob die Tür und die Alarmanlage gesichert waren. Alles war in Ordnung. Unsere Fenster wurden von mir geschlossen. Der Mann schien verschwunden. Eine viertel Stunde später hörten wir ein Auto. Das Auto fuhr sehr dicht an unseren Hänger, es war ein alter VW Käfer. Das erschreckte mich zutiefst, denn alle Nachbarparzellen waren frei.

Warum sollte ein Gast sich so dicht an unseren Hänger heranfahren?

Unsere Außenbeleuchtung war hell und weitläufig. Wir konnten nun erkennen, dass ein junges Pärchen ein kleines Zelt aufbauen wollte. Sie waren wahrscheinlich deshalb so nah an unseren Wagen gekommen, um selber etwas sehen zu können.

Diese unmittelbare, fast aufdringliche Nähe war für uns sehr unangenehm, denn die beiden waren sehr laut und hörten dazu noch Radio.

Wir beschlossen, noch einen alten Claude Chabrol Film anzuschauen, um die jungen Störenfriede nicht ständig zu hören.

Gegen zwei Uhr nachts öffnete Freddy die Wohnwagentür und bat die beiden um Ruhe. Sie nickten freundlich, aber Ruhe kehrte leider nicht ein. Gegen vier Uhr morgens schliefen wir erschöpft ein, bis wir von einem grässlichen schrillen Wecker der jungen Leute geweckt wurden. Es schien so, als hätten das Pärchen einen wichtigen Termin.

Wir frühstückten mit hämmernden Kopfschmerzen. Das Wetter wurde nun regnerisch, dazu der mangelnde Schlaf. Wir räumten alles flott zusammen, um weiterzuziehen. Freddy fuhr trotz der anfänglichen Müdigkeit sehr lange. Er hatte Lust, voranzukommen. Hinter Lyon in der Provence machten wir unseren nächsten Stopp.

Auch hier hatte mein Mann einen sehr schönen Platz ausgesucht. Mitten auf dem Gelände war ein einladender Pool, ein kleiner Einkaufsshop und ein Restaurant. Auf dem Platz hielten sich viele deutsche Familien mit Kleinkindern auf. Kein Wunder, auf dem Platz war ein riesiger Abenteuerspielplatz mit großen Dino-Figuren und Krokodilen angelegt.

Wir fuhren, als wir unseren Hänger ordentlich abgestellt hatten, vergnügt mit unseren Rädern durch die Natur. In dem Shop kauften wir frisches Baguette und hausgemachte Marmelade als Proviant für den nächsten Tag.

Am Abend aßen wir in dem netten, lauschigen Restaurant eine köstliche Pizza und tranken

Rotwein. Das fühlte sich so gut, so gut nach Urlaub an.

Der nächste Morgen brachte traumhaftes Wetter, und wir brachen Richtung Spanien auf. Wir wollten diesmal nicht nach Cambrils, sondern einen neuen Campingplatz besuchen. Dieser lag aber auch in der Nähe der schönen Stadt Tarragona, in La Mora.

Die Fahrt war sehr anstrengend, viele Laster überholten haarnadeldicht. Jedes Mal zuckten wir zusammen. Die LKW-Fahrer standen unter einem enormen Druck, ihre Ware pünktlich an ihr Ziel zu bringen. Und wir wollten heil an unserem Urlaubsort ankommen. Sehr schlimm waren auch die vielen Baustellen und Fahrbahnverengungen, die oft viele Kilometer andauerten. Ich hatte permanent das Gefühl, wir streiften die Betonabgrenzung.

So eine lange Reise mit Anhänger war Schwerstarbeit, für meinen Mann und auch für mich. Deswegen fahren viele Camper ein Wohnmobil.

Am Abend kamen wir erschöpft an meinem
Favoriten, Campingplatz in dem kleinen
Städtchen La Mora an. Der Campingplatz lag
eingebettet in einem zauberhaften und
bergigen Waldgebiet, direkt am Meer. Die
Stellplätze waren mittelgroß. Für uns musste es
ja immer für den Hobby und den Bus reichen.
Viele hatten ein Wohnmobil in der Größe
unseres Busses.

Nach ausgiebiger Suche fanden wir einen
geeigneten Eckplatz, der unserem Bus und dem
Hänger genug Platz bot. Der Bus stand zwar
kantengenau und schräg, aber es passte.

Erschöpft machten wir uns an die Arbeit.
Freudig konnten wir uns nun auf eine längere
Zeit einrichten.

Als die Sonne unterging, fuhren wir mit unseren
Rädern das Campinggelände ab, um zu sehen,
was der Platz uns bot.

Der Swimmingpool war eine herrliche
Augenweide, riesengroß mit kleinen Brückchen
versehen, einem attraktiven Rutschen Bereich

und genug Platz für Schwimmer. Hinten dran war noch ein sehr nett angelegtes Babybecken.

Auf dem Poolgelände bot ein ansprechendes Restaurant herrliche Speisen.

Wir konnten erkennen, was die Leute auf den Tellern hatten. Das waren keine Pommes oder Pizza. Wir sahen gegrillten Calamari, Paella, mediterrane Salatteller. Es sah alles sehr appetitlich aus.

Das Gelände war weitläufig. Mit den Rädern fuhren wir einen steilen Berg hinauf. Dort waren überall mit Meeresblick kleine Häuschen, sogenannte Mobilheime, untergebracht. Die Häuschen waren fast alle vermietet. Familien mit ihren Kindern saßen auf den nett angebauten Holzterrassen.

Ganz oben auf dem Berg hatte man eine grandiose Aussicht auf das Meer und die Felsen.

Das Meer brachte laut donnernd die Gischt auf die Felsen, die viele ausgehöhlte Stellen aufwiesen.

Als wir durch ein Waldgebiet den Berg auf der anderen Seite hinunterfuhren, führte der Weg an den Zeltplätzen vorbei. Es waren angelegte, sogenannte Fass-Miniholzhäuschen mit Zelten drumherum. Alles sah sehr gepflegt und hochwertig aus. Auch die Zeltplätze waren fast alle vermietet. Es herrschte reges Leben auf diesem sehr weit angelegten Campingplatz.

In der Mitte des Platzes lag ein mittelgroßer Lebensmittelladen. Oben drüber der neu angelegte Fitnessclub. Daneben lud ein moderner Waschsalon mit hochwertigen Waschmaschinen zum Waschen ein.

Ich hatte nie zuvor einen so schönen und modernen Campingplatz gesehen. Die Sanitäranlagen waren sehr gepflegt und großzügig angelegt.

Die Duschen hatten alle im Vorraum ein Waschbecken und genügend Platz zum Ablegen der Duschutensilien.

Zu dem Campinggelände gehörte ein eigener wunderschöner Strandabschnitt, nur ein paar

Schritte von unserer Parzelle entfernt. Vor dem Strand waren Duschen angebracht.

Alles in allem würde ich diesem Platz 5 Sterne geben.

Der einzige Wermutstropfen lag an den mangelnden Radwegen. Da La Mora ein sehr bergiges Gebiet ist, musste man sehr steil bergauf oder bergab fahren. Zum Einkaufsmarkt gelangte man nur über eine sehr enge Bundesstraße. Die Fahrten dorthin boten viele Gefahren. Die Autos fuhren gefährlich nahe an uns vorbei. Wenn ein Autofahrer kurz nicht konzentriert wäre, könnte er uns glatt umfahren. In Zeiten des ständigen Auf-das-Handy-Schauens ein nicht zu kalkulierendes Risiko.

Die bergige Landschaft mutete romantisch und sehr trendig an, mit seinen üppigen Villen und einladenden Grundstücken, umringt von bezaubernder Flora.

Hier fand man keine Bettenburgen oder ausladende Pensionen. Die Urlauber mieteten sich Ferienwohnungen oder kamen zum Campen.

Auf unserem Campingplatz lernten wir viele Menschen kennen. Einen pensionierten General, der jeden Morgen auf Kontrollgang ging und mit jedem, der Zeit hatte, ein Schwätzchen hielt. Ich hatte bei ihm den Eindruck, dass er die Menschen bloß ausfragte und nicht wirklich freundschaftlichen Kontakt suchte. Es schien mir, als wollte er die Kontrolle über sein "Viertel" haben.

Dann die beiden kühl wirkenden Holländer, direkt neben uns, die jeden Tag die gleiche Routine zelebrierten. Erst ging er mit Bademantel zum Duschen, dann seine Frau. Sie blieben den ganzen Tag auf ihrer Parzelle und bewegten sich sehr langsam. Sie kamen mir wie Kunstfiguren vor. Sie grüßten niemanden und blieben während unseres Urlaubes reserviert.

Einige Österreicher hatten ihre Parzelle gegenüber von uns. Es war eine Familie mit vier jugendlichen Kindern. Sie waren von Anfang an laut und unflätig. Es kam mir so vor, als ob die

Familie für einen Rülps-Wettbewerb probte. Der Vater mit seinem riesigen vorstehenden Bauch allen voran. Das Bier floss in Strömen. Doch eines Morgens waren sie verschwunden. Wir fanden sie auf einer anderen Parzelle wieder. Scheinbar hatte sich jemand beschwert. Wir vermissten sie nicht.

Mein Mann freundete sich mit einem polnischen Ehepaar an. Er hielt lange Schwätzchen mit Marek, der wie mein Mann im Handwerk tätig ist.

Marek kannte sich in Spanien sehr gut aus und beriet Freddy, wo man gute Campingplätze fand. Ich wollte darüber gar nichts hören, denn ich fühlte mich in La Mora sehr wohl.

Aber Freddy war zu meinem Leidwesen schnell zu Neuem zu begeistern. Er wollte andere Städte sehen, neue Eindrücke gewinnen. Ich wollte Urlaub machen. Hin und her zu reisen mit diesem langen Gefährt empfand ich als schrecklich anstrengend. Allein die Hin- und Rückreise dauerte insgesamt acht lange Tage, voller Stress und Arbeit und manchmal voller Streit und Unmut.

Marek berichtete von Peniscola, einer Stadt etwa 150 km südlicher Richtung. Dort könne man Fahrrad fahren und hätte bessere Einkaufsmöglichkeiten, da die Stadt wesentlich größer als La Mora sei. Gerade das wollte ich vermeiden. Wir lebten zu dieser Zeit in Lübeck in einem Viertel, wo man kaum einen Parkplatz fand. Der Puls der Stadt war jederzeit präsent. Ich brauchte keine laute, stickige und überfüllte Stadt im Urlaub.

Freddy schwärmte mir mit Mareks Worten die Vorzüge der anderen Stadt vor. Ich wünschte Marek zum Teufel und wollte nur meine Ruhe haben. Wir hatten jeden Tag einen wunderbaren Tagesablauf und ich konnte das Meer in der Nacht hören. Die Luft roch und schmeckte nach Salz. La Mora war außerdem ein bewachter Campingplatz. Wir fühlten uns hier sicher. Es war entspannter Urlaub in traumhafter Kulisse.

Marek reiste mit seiner Frau ab. Fortan trieb meinen Mann eine innere Unruhe voran. Ganz klar, er wollte nach Peniscola.

Ganze zwei Tage schafften wir noch in La Mora, dann ging es los.

Mit Tränen in den Augen fuhr ich als Beifahrer von Kapitän Freddy durch den schönen Ein- und Ausgangsbereich.

"Leb wohl, du schöner und herrlicher Campingplatz."

Ich lehnte mich tief in meinen Sitz und war schrecklich sauer auf meinen Mann.

Verstohlen sah Freddy immer wieder zu mir rüber:

"Das wird sicherlich sehr schön, Schatz, und wenn es uns nicht gefällt, können wir einfach weiterfahren."

Ja klar, weiterfahren, weiter Stress haben, räumen, aufbauen, abbauen, die Klimaanlage reinwuchten und und und...

Nach nur zweieinhalb Stunden waren wir schon vor Ort. Riesige Bettenburgen starrten mich dumpf an. Ein Hotel war an das nächste gereiht. Viele Touristen spazierten vor den kitschigen Läden und Einkaufszentren umher. Es war ein Gewusel wie auf einem Ameisenhaufen.

Dazwischen thronten Bars und Billigrestaurants mit bunten Fotos von Sandwiches, Pommes, Schnitzel und Pizza. Wir bogen zu unserem Campingplatz ab, ein schöner Platz mit großen Parzellen, der gut besucht war. Wir suchten uns eine geeignete Parzelle und schauten uns kurz den Pool an. Auch der Pool sah sauber und großzügig aus, natürlich kein Vergleich mit La Mora, in keiner Weise.

An der Parzelle angekommen, ging es wieder an die Arbeit. Nach einer Stunde war alles fertig, auch die Thule-Markise stand groß und breit an ihrem Platz. Mir lief der Schweiß den Rücken runter, und mein Daumennagel war abgebrochen. Überhaupt sahen meine Fingernägel katastrophal aus. Meine Haare klebten nass und platt auf meinem Kopf. Ich hatte sicherlich gerade die Anmutung einer Rockerbraut, die ihren Helm nach einer 7-stündigen Motorradfahrt durch die Wüste Nevadas auszog.

An meinem Flip-Flop klebte scheinbar ein riesiger Kaugummi, ich konnte ihn kaum abziehen. Dann hatte ich an meinem anderen Flip-Flop noch einen Kaugummi hängen. Das konnte doch nicht wahr sein, wie ekelerregend war das denn? Auf einmal hörte ich meinen Mann fluchen: "Was ist das denn für ein klebriges Zeug?" Er hatte etwa 5 "Kaugummis" an seiner Sandale hängen.

Unser Nachbar, ein fideler Rentner, hielt sich den Bauch vor Lachen. Er klärte uns über die angeblichen Kaugummis auf. Der Campingplatz verfügte über schöne, buschig hellgrüne Bäume, die sogenannten Maulbeerbäume. Deren Früchte klebten mehr als jeder Pattex-Kleber.

Jetzt wussten wir, warum gerade unsere Parzelle noch frei war. Diese klebrigen Banditen standen dicht an dicht um unsere Parzelle. Jeder kleine Windhauch blies die unbeliebten Früchte direkt auf unseren Teppich. Da war fegen angesagt, sicherlich fünfmal am Tag. Der Nachbar hatte zwischenzeitlich seinen Klappstuhl in unsere Richtung gestellt. Er amüsierte sich köstlich, wenn wir wieder Anhängsel an der Sohle hatten.

Ich wollte diesem kleinen, gemeinen Gnomen gerne zwei dicke Maulbeerfrüchte in den Mund schieben. Sicherlich hatte er sich sehr gefreut, als wir auf diese Parzelle zogen. Wahrscheinlich war er selber auch schon in den Genuss dieser Parzelle gekommen und kannte das Ausmaß dieser Klebegeister.

Zu meinem Entsetzen erzählte mir Freddy, als er vom Duschen kam, dass er Marek auf dem Platz getroffen hatte. Er stand nur ein paar Meter von uns entfernt. Das waren vielleicht tolle Nachrichten, Marek, der "Allwissende und Finder von tollen Campingplätzen".

Wenig später zog Freddy für einen kleinen Plausch zu Marek los. In der Zwischenzeit hatte ich geduscht und machte mir meine Nägel. Ich versuchte zu retten, was möglich war. Am Ende schnitt ich mir die Nägel kurz, denn bei all der Arbeit passten lange Nägel einfach nicht. Ich beobachtete aus meinem Augenwinkel ältere Leute, die zum Duschen liefen. Sie hatten sich ein Handtuch um den üppigen Leib gebunden, kein sehr schöner Anblick.

Die Nachbarschaft bestand durchweg aus alten bis sehr alten Semestern. Ich fand kaum Leute in unserem Alter. Das war mir am Anfang gar nicht so aufgefallen. Es gab nach meiner Beobachtung verschiedene Gruppierungen beim Campen.

Da waren die Zeltcamper oder uralt Wohnmobilcamper, meist sehr junge Menschen, die nichts als Spaß und Feiern im Sinn hatten. Die Zeltplätze waren wohl weißlich etwas abgelegen von den anderen Parzellen. Dort rauchte das Lagerfeuer, und die Bierflaschen lagen um die Zelte herum. Die Musik war laut, und die Stimmung stets sehr gut.

Dann gab es die jungen Familien mit ihren Kindern, die manchmal zusammen mit

Freunden den Urlaub genossen (manchmal auch nicht). Sie genossen die Laissez-faire-Grundstimmung beim Campen, und es gab viele andere Kinder zum Spielen.

Zum Schluss gab es die Rentner, ich würde sagen 70 plus. Leute, z.B. Geschäftsleute oder noch Berufstätige, etwa Mitte 50 wie wir, fand ich sehr selten. Kein Wunder, wer hat schon Lust, nach einem sehr harten und arbeitsreichen Jahr campen zu gehen. Natürlich war nicht alles schlecht, man konnte sich über einen längeren Zeitraum sehr gut erholen.

Freddy kam ganz aufgeregt zurück von Marek, dem Campingpropheten. Er berichtete mir von einer Burg, dem Peniscola Castle, die wir schon von Weitem gesehen hatten. Ich bin und war nie ein Freund von alten Burgen. Die alten Gemäuer anzuschauen langweilt mich sehr, und ich wusste um die kommerzielle Ausschlachtung solcher Sehenswürdigkeiten.

Natürlich war Freddy nun Feuer und Flamme, also beschlossen wir gleich morgen eine Radtour zu der grauen und hässlichen Burg zu unternehmen. Wir fuhren gleich nach dem Frühstück los. Die Fahrt führte an der Strandpromenade entlang. Es war ein sehr schöner Anblick, neben dem Meer zu radeln.

Zugegebenermaßen war das Radfahren hier sehr viel besser als in La Mora. Leider waren viele Fußgänger unterwegs, die immer auf den Radwegen liefen. So musste Freddy, der vorne vorausführte, ständig die Radklingel betätigen. Einige Leute blieben aber stur auf dem Weg.

Bei der Burg angekommen, sah ich Massen an Menschen, schreiende Kinder, ein einziges Gewusel. Um die Burg herum war eine Art kleine, in sich geschlossene Burgstadt mit sehr engen Gassen und alten, aber zum Teil sehr schön hergerichteten Häusern. Da wohnten wohl einmal die Bediensteten der Noblesse. Die schmalen Wege führten bis ganz nach oben. Die ganzen Sträßchen waren ausgestattet mit Touristenläden, Bars und Cafés, eine Touristenausschlachtung im großen Stil. Die Burg liegt auf einem Felsen. Oben hatte man einen phantastischen Blick auf das Mittelmeer.

Freddy war nach einer Weile sehr genervt von diesem Massenereignis, und wir beschlossen, baden zu gehen. Ich hatte nichts dagegen.

Der Strand war belebt. Wir stellten unsere Liegen auf und bestaunten den hohen Wellengang. Ich traute mich nur bis an die Knie ins Wasser, da mir die hohen Wellen Respekt einflößten. Freddy sprang hinein, und schon erfasste ihn die nächste Riesenwelle. Er konnte gerade noch seine neue und teure Gleitsichtbrille mit der Hand in die Höhe halten, bevor sein restlicher Körper erfasst und wie in einem Schleuderprogramm gedreht wurde. Erschrocken sprang ich auf, doch er tauchte schnell wieder auf und eilte ans rettende Ufer, um nicht noch einmal von einer Welle erwischt zu werden.

Seine Haare waren ganz durcheinander, und er hatte Wasser geschluckt. Nun erkannten wir, dass kein Mensch im Wasser war. Während unseres Aufenthaltes blieben die Wellen stark, sodass wir nicht mehr im Meer baden konnten. Vielen Dank, Marek, bitte bleibe mir zukünftig fern!

Wir verbrachten die Zeit mit schönen Radtouren und im Poolbereich der Campinganlage. Freddy erhielt eine E-Mail von Horschtie, dass er sich ganz in der Nähe befand. Er war auch in Peniscola, allerdings mehr im Landesinneren, auf einem sehr kleinen Campingplatz. Wir freuten uns sehr, unsere alten Campingfreunde wiederzutreffen, und machten uns gleich auf den Weg.

Mit den Rädern fuhren wir steile Berge bis zum gemütlichen Campingplatz von Horschtie und Christine. Wir begrüßten uns herzlich und tranken ein paar kühle Biere. Ein paar Tage später besuchten die beiden uns auf dem Campingplatz, und wir gingen gemeinsam essen. Die Restaurants waren nicht gerade sehr einladend, auch unser Restaurant wies einige Schwächen auf. Ich vermutete, dass die Schnitzel tiefgekühlt in der Fritteuse gegart wurden. Das Treffen mit Horschtie und Christine war der einzige wahre Lichtblick.

Uns beiden hatte die Location in Peniscola nicht überzeugt, und so entschieden wir, den restlichen Urlaub in Südfrankreich zu verbringen. Wir packten unsere Sachen, und los ging die Fahrt, schon wieder ein wenig in Richtung Heimat. Im Internet fand ich einen ruhigen Campingplatz, mitten in einem Naturgebiet. Der Strand war sehr nah, und ein kleiner Ort bot Einkaufsmöglichkeiten.

Leider überraschte uns eine entkräftende Hitzewelle. Während der langen Fahrt stieg das Thermometer auf 38 Grad. Uns lief trotz einer guten Klimaanlage im Auto der Schweiß, und wir hatten permanent Durst. Eine so unglaublich aufkommende Hitze auf der Reise machte uns keinen Spaß.

Am Abend kamen wir völlig erschöpft an der Côte d'Azur des Alpes an einer engen Campingplatzeinfahrt an. Wir waren schon ein wenig daran gewöhnt, dass in Frankreich alles sehr eng war. Im Office stellten wir fest, dass die Campingbetreiber weder Englisch noch Deutsch sprachen. Frankreich war das einzige Land, in dem die meisten Leute, denen wir begegneten, keine Fremdsprache beherrschten. Wir konnten uns über Zeichensprache und den Campingplatzplan verständigen und suchten uns einen großzügigen freien Platz aus. Auf dem Campinggelände wurden neben den Parzellen auch Mobilheime und Fasszelte angeboten. Viele der Mobilheime waren alt und vergilbt. Die Urlauber stammten nach Ansicht der Nummernschilder beinahe ausnahmslos aus Frankreich. Alles wirkte sehr einfach, doch die Menschen hießen uns augenblicklich herzlich willkommen, auf Französisch natürlich. Es schien hier auf dem Gelände, als wäre die Welt ein wenig stehen geblieben.

Die Fahrt zur Parzelle war abenteuerlich, denn sie lag im hinteren Campingbereich, direkt am Rand des Naturschutzgebiets. Nach ein paar Metern musste Freddy den automatischen Betrieb einrichten, da der Weg viel zu eng war. Überall waren seitlich noch Autos geparkt, sodass ein Vorbeikommen ohne Kratzer zu verursachen gänzlich unmöglich war. Die Campingfreunde waren sehr überrascht, sie hatten eine Fernbedienung für den Wohnwagen noch nie gesehen. Beinahe alle Urlauber tummelten sich um uns herum. Mir war die Veranstaltung sehr unangenehm. Freddy führte unseren Anhänger galant in die Parzelle, und unser Bus passte noch wunderbar hinein. Dann waren die Neugierigen auch schon wieder verschwunden.

Ich fühlte mich auf diesem Campingplatz augenblicklich sehr wohl. Die Luft roch holzig und nach Pflanzen aller Art. Gegenüber von uns stand ein sehr nettes junges Paar, beide etwa Mitte dreißig. Die junge Frau namens Charlotte plapperte unentwegt und machte dabei gewisse Gesichtsausdrücke, an denen ich versuchte zu erraten, worüber ihre Unterhaltung ging. Im Französischunterricht hatte ich mich immer gelangweilt. Wir hatten eine furchtbare Lehrerin, die es nicht verstand, uns für die schöne Sprache zu begeistern. Wir hatten Lust, die Gegend mit unseren Rädern zu erkunden.

Wir fuhren die landschaftlich traumhaften Wege entlang und entdeckten als erstes den wunderschönen Strand. Es waren kaum Menschen dort, da es schon früher Abend war und ein laues Lüftchen die drückende Hitze vertrieben hatte. Wir schauten beide gedankenverloren auf das Meer. Hier war ein wirklich schöner Platz.

Später entdeckten wir den kleinen touristischen Teil der Kleinstadt, der scheinbar noch im Aufbau war. Es wurde eine große Flaniermeile gebaut, die noch gesperrt war. Sonst gab es eine kleine Obst- und Gemüsemarkthalle, einen kleinen Spar-Markt, ein Mini-Karussell und einige Restaurants.

Drumherum war sehr viel Natur und unzählige Wege durch Gartenanlagen, in denen Mobilheime standen. Meistens waren es uralte und vergilbte Trailer. Fast alle Wege führten zum Meer. Es gab sehr viele einsame Strände, die in ihrer Wildheit naturbelassen schienen. Ich konnte mich an dieser Schönheit nicht sattsehen.

Dann fuhren wir an Lavendelfeldern vorbei. Es war wie ein Traum. Alles duftete verführerisch.

Erst als es schon dunkel war, kehrten wir an unsere Parzelle zurück. Wir hatten unterwegs eine Kleinigkeit geschlemmt. Sehr müde fielen wir glücklich schon bald in einen tiefen Schlaf.

Dieser Campingplatz hatte etwas Magisches. Er wirkte auf mich, als ob ich eine Zeitreise in die Vergangenheit gemacht hätte. Das digitale Zeitalter hatte diesen verträumten Ort noch nicht im Griff. Ich sah keine Leute permanent auf ihr Handy starren. Alles schien ruhig und freundlich. Niemand war hektisch oder lief schnell. Jeder hatte Zeit, beim Vorbeigehen mit den Nachbarn ein Schwätzchen zu halten. Ein ganz anderer Ort als die Touristenhochburg Peniscola in Spanien.

Am nächsten Morgen holte mein Mann, wie gewohnt, ein frisches Baguette. Das war in Frankreich natürlich geschmacklich kaum zu überbieten, genauso wie das Croissant, das ich mir nun immer mitbestellte. Leider wurde es wieder unerträglich heiß. Wir beschlossen, an den Strand zu fahren. Mit den Rädern und Freddys Sackkarre, auf der bequeme Liegen lagen, ging es los. Freddy hielt mit einer Hand die Sackkarre seitlich neben seinem Rad, was angesichts der tiefen Schlaglöcher des unbefestigten Weges nicht ungefährlich war. Aber das störte meinen Mann nicht im Geringsten.

Das Meer war kristallklar und herrlich erfrischend. Wir badeten den ganzen Vormittag. Gegen 14 Uhr konnte man die Sonne nicht mehr ertragen. Wir flüchteten auf unsere Parzelle in den Schatten. Fast alle Franzosen taten dasselbe und führten einen gepflegten Mittagsschlaf. Gegen Abend zog ein älteres französisches Ehepaar in das Fass Zelt hinter uns ein. Sie hatten unglaublich viele Koffer und Topfpflanzen dabei. Angesichts der Hitze taten mir die älteren Leute leid, denn in den Fasszelten gab es keine Klimaanlagen. Sogleich lief bei dem Paar der Fernseher. Später am Abend hörten wir nichts mehr von den beiden.

Am nächsten Morgen, gegen sechs Uhr, trampelte jemand laut über einen Holzboden. Ich brauchte eine Weile, um zu realisieren, wo ich war. Ach ja, im Campingwagen. Hinter uns waren die neuen Urlauber, das ältere Ehepaar. Im Fass Zelt liefen sie hin und her, es fühlte sich akustisch so an, als ob sie direkt in unserem Wagen liefen. Freddy wachte genervt von den unangenehmen Geräuschen auf. Er konnte nicht glauben, dass Urlauber freiwillig derart früh aufstehen. Eine ganze Stunde hörten wir sehr laute Geräusche, auch der Fernseher lief. An Schlaf war nicht mehr zu denken. Dann hörten wir Motorengeräusche und der Spuk war vorbei. Puh, das waren keine guten Aussichten, wenn das nun jeden Morgen so laufen würde.

Den Tag starteten wir morgens in eine nahe gelegene Stadt zum Einkaufen. Wir bekamen den Rat für das Einkaufszentrum von den beiden netten Franzosen gegenüber von uns. Als wir in den Markt liefen, wussten wir sofort, dass dies nicht unser Markt sein würde. Bei dem Obst und Gemüse sahen wir Karotten, die sich schon bogen und beinahe schwarz waren. Die Zitronen schimmelten vor sich hin, der Kopfsalat schien eingegangen zu sein. Inmitten des Marktes stand ein großes Buffet mit Eis und den darauf gelagerten Frischfisch. Das Eis tropfte stetig runter, die Fische hatten milchige Augen. Kein appetitlicher Anblick. Wir konnten nicht glauben, dass dort überhaupt Menschen einkaufen und verließen den Laden wieder. Einige Kilometer weiter fanden wir einen weiteren sehr großen Einkaufsmarkt, den bekannten "HYPER-U". Ich glaube, dass dieser Markt der schönste Einkaufsmarkt war, den ich je gesehen hatte. Es gab außer Lebensmitteln noch Elektroartikel, Kleidung, Bücher und Möbel. Alles war sehr gepflegt und strukturiert aufgebaut. Die Lebensmittel ein Augenschmaus. Herrlich die Patisserie, eine bunte und vielfältige Auswahl der verschiedensten Backwaren. Mein Mann zog die Augenbrauen hoch, als er die Preise sah. Billig war das beileibe nicht. Sofort hatte er Sehnsucht nach seinem spanischen Mercadona, einem netten Einkaufsmarkt mit sehr attraktiven Preisen, der in ganz Spanien zu finden ist. Die Preise hier in Frankreich waren sehr viel teurer als jene in spanischen Märkten, aber man brauchte ja nicht so viel zu kaufen. Leider blieb es nicht beim Ziel, nur Notwendiges zu kaufen. Wir ließen uns von den verheißungsvollen Versuchungen verführen. Am Ende zahlten wir 80 Euro.

Tja, das ging sehr schnell in Südfrankreich in diesem noblen Laden, aber man kann guten Gewissens behaupten, dass alles hervorragend schmeckte. Mir läuft jetzt gerade beim Schreiben das Wasser im Munde zusammen, wenn ich an die grünen, mit Pistazienmarzipan überzogenen Kaffeestückchen denke, die ich mir in diesem Urlaub immer gegönnt hatte. Freddy kaufte gerne die Schokocroissants in der großen Packung, die dann nach zwei Tagen beim Reinbeißen staubten, doch er hatte die Genugtuung eines fairen Preises.

Wir verbrachten den Mittag und frühen Nachmittag in unserer schattigen Parzelle und unternahmen am Abend eine Radtour durch das traumhafte Naturschutzgebiet. Wir entdeckten immer wieder neue wilde Strandabschnitte und hielten uns dort gerne auf, blickten auf das Meer und genossen die Ruhe.

Abends grillten wir Spareribs und machten einen großen bunten Salat dazu, natürlich mit frischem Baguette und Knoblauchdip. Dazu französischer Rotwein. Ein Festessen.

Unsere lauten Nachbarn kamen am Abend völlig verschwitzt zurück zu ihrem Fass Zelt. Es schien so, als ob sie gearbeitet hätten. Sie kochten sich etwas, schauten Fernsehen und dann war es um 21 Uhr ganz still. Wir liefen später durch unser Campinggelände und genossen die freundlichen Menschen und die gemütliche Atmosphäre überall. "La vie est belle en France".

Der Vollmond schien hell, nach einem Glas Wein fielen wir müde ins Bett. "Rumms, rumms, rumms..." Völlig verschlafen hörte ich Schläge auf Holz. Oh nein, es waren die Schritte unserer Nachbarn im Fass Zelt. Es war sechs Uhr morgens. Was zum Teufel sollte das? Ich hielt mir die Ohren zu, meinem Mann rauchten die Nasenlöcher. Jedoch waren die Leute nicht signifikant laut. Sie waren beide extrem übergewichtig und demnach sehr schwer, deshalb hörte man ihr Laufen wie Schläge auf Holz. Da konnte man nichts machen. Die Leute schienen arbeiten zu gehen. Wir wussten, dass es genau eine Stunde dauern würde, dann wären sie wieder weg. Das war aber keine Option auf Dauer für uns.

Da uns der Campingplatz sehr gut gefiel, wollten wir dort innerhalb umziehen. Etwas weiter schräg gegenüber lag eine sehr große Eckparzelle. Dort wohnte nur links daneben ein sehr altes Dauercamper-Ehepaar, das sehr ruhig zu sein schien. Wir fragten beim Platzwart nach und bekamen die schöne Parzelle. Die Ruhe war wiederhergestellt. Erfreut darüber genossen wir noch eine Woche in diesem schönen Gebiet. Wir sahen an Flussläufen Biber mit Jungen, radelten durch große Weinberge und verliebten uns in Südfrankreich. Natürlich verliebte nur ich mich so richtig in diesen Fleck Erde. Mein Mann war und ist mehr ein Freund von Spanien, aber es gefiel ihm dort auch sehr gut. Doch nun war die Zeit gekommen, wieder nach Hause zu fahren. Auch in diesem Urlaub hatten wir uns gut erholt, obwohl ich mich diesmal sehr auf mehr Platz und unser Haus freute.

Unsere 3. Tour - Urlaub unter Corona-Bedingungen

Ein hartes Jahr lag hinter uns und ganz Deutschland. Die Corona-Pandemie nahm Besitz von unserem sonst so friedlichen Leben. Ein nie dagewesenes Szenario aus Angst und Unsicherheit vor dieser Krankheit bestimmte auch unser Leben. Bilder aus dem Fernsehen von hunderten Särgen aus Italien und Amerika,

Bilder von Menschen auf Intensivstationen, auf dem Bauch liegend, im tiefen Koma, um ihr Leben ringend. Was waren das für aufwühlende Eindrücke.

Erst war dieses Virus noch weit weg, in seinem Ursprungsgebiet Wuhan, einer Stadt in China. Auch meine Gedanken waren, als ich über das Virus zum ersten Mal hörte: "China ist sehr weit weg, was haben wir hier in Deutschland damit zu tun?"

Mein Mann hatte aber sehr viel fortschrittlichere Gedanken. Er betonte nur, dass viele Menschen auf der Erde ständig umherreisen und so dieses Virus in kurzer Zeit zu uns bringen würden. Ja, so geschah es dann auch. Unsagbare Angst um meine Familie nahm in diesem Jahr Besitz von mir.

Jeden Tag hing ich an den Lippen der Nachrichtensprecher, nur um weitere Infektionszahlen und Inzidenzhöhen zu hören. Dann der Maskenskandal. Ich erinnere mich, dass es keine einzige Maske in bestimmt 50 angefragten Apotheken gab. Ich geriet in Panik, sagte sämtliche Besichtigungen ab und wollte abwarten, bis ich eine sichere Maske bei der Arbeit tragen könnte.

Nach Wochen der Suche fand ich in einer Apotheke in einem ländlichen Gebiet in Nordwest-Mecklenburg zwei Packungen, pro Packung drei Masken, das begehrte Gut. Diese Masken waren im Vergleich zu den jetzt gängigen etwas größer.

Ich hatte einen Notartermin und wollte meinem älteren Kunden, dem Notar und mir unbedingt eine Maske besorgen, um den Termin wahrnehmen zu können. Dankbar nahmen alle Beteiligten die Maske an. Bei den etwas älteren und sehr schlanken Verkäufern nahm die Maske beinahe das ganze Gesicht in Beschlag. Das war ein grotesker Anblick.

Als nach einer kurzen Rekordzeit ein Impfstoff gefunden wurde, waren wir in unserer Altersgruppe noch nicht an der Reihe. Daher schränkten wir unsere Aktivitäten erheblich ein.

Nach ein paar Monaten beruhigten wir uns zusehends. Ich beobachtete, dass mir bekannte Verkäufer in meinen Lebensmittelläden sich nicht infizierten. Damals gab es noch keine Glasabtrennung. Meine Familie und ich hielten uns an die vorgegebenen Abstandsregeln und trugen beim Einkaufen unsere Masken. Damit verlor ich meine anfangs großen Ängste, dass wir uns infizieren könnten.

Wir überlegten uns dann im Sommer, dass wir in den Urlaub fahren könnten, da wir in einer Campingparzelle einen sehr großen Raum für uns hätten. Ganz Spanien war jedoch in einem strikten Lockdown. Wir entschieden, dass wir im Herbst nach Südfrankreich reisen wollten, in ein Gebiet, in dem keine Reisewarnung ausgesprochen wurde. Die Politiker empfahlen den Deutschen, in Deutschland Urlaub zu machen. Das hatte aber dann zur Folge, dass die Ostsee, Nordsee und in Bayern alles überfüllt von Touristen war. Gerade das wollten wir gerne vermeiden.

Mitte September ging es los. Wir hatten das Ziel Südfrankreich, im Department Hérault zu bereisen. Dort war noch alles im gemäßigten Bereich. Es herrschte überall Maskenpflicht, doch die Geschäfte und Restaurants hatten größtenteils geöffnet. Im Cockpit unseres Busses lagen unzählige Flaschen mit Händedesinfektionsmittel. Wir verwendeten das Desinfektionsmittel vor und nach jedem Einkauf und nach jeder Rast.

Der Herbst war schon auf dem Weg und wir freuten uns auf ein paar schöne Wochen in der Sonne. In diesem Urlaub wollten wir Kontakte zu anderen Campern vermeiden, was eigentlich eine sehr traurige Vorstellung bot. Denn gerade das nette Plaudern mit dem Campingnachbarn war immer sehr bereichernd. Nun denn, wir suchten in diesem Urlaub Sonne, Ruhe und Meer.

Es war schon überall ein recht herbstliches Klima, die Nächte entsprechend kühl. Doch wir hatten vorgesorgt und legten warme Decken über unsere Betten. Wir wählten für unseren Urlaub wieder den uns bekannten Campingplatz in Vias Plage, direkt am Strand, in einem Naturschutzgebiet aus.

Die Reise dauerte drei Tage und verlief sehr friedlich und ruhig. Die Campingplätze auf unseren Zwischenstationen waren überschaubar, es gab überall sehr große und abgelegene Stellplätze. Wir duschten und wuschen uns in unserem Wohnwagen, um sämtlichen Viren aus dem Weg zu gehen.

Angekommen in Vias Plage konnten wir kaum glauben, dass bei einem Wetter von 26 Grad fast der ganze Platz leer war. Wir suchten uns die größte Eckparzelle und hatten somit keinen direkten Nachbarn. Der Swimming-Pool Bereich war völlig verwaist, ein riesiges Areal gänzlich ungenutzt. Wir sahen insgesamt vielleicht acht Personen, die in dem großen Park verloren wirkten. Es kam mir ein wenig unwirklich vor. Aber ich war unsagbar froh, nicht in Deutschland meinen Urlaub geplant zu haben. Das hier war natürlich auch irgendwie traurig, aber wir fühlten uns zumindest vor dem Corona-Virus sicher.

Wir verbrachten die Tage mit langen Radtouren und Strandausflügen, die wie immer herrlich waren. Am Meer lernten wir ein paar deutsche

Urlauber kennen, die sich auf dem Campingplatz Mobilheime gemietet hatten. Im Wasser standen wir mit großem Abstand zusammen und kamen ins Gespräch. Die Leute waren etwas älter als wir, Anfang sechzig. Doris, eine der Urlauberinnen, war besonders gesprächsfreudig und hängte sich ein wenig an uns dran. Sie empfahl uns Restaurants und Sehenswürdigkeiten in dieser Gegend, die sie nach jahrzehntelangem Urlaub in dieser Region gut kannte.

Beim Einkaufen wurde vorher der Einkaufswagen eingesprüht und desinfiziert. Diese Aufgabe übernahm eine Angestellte des Zentrums. Im Eingangsbereich konnte sich jeder Kunde eine frische Maske mitnehmen. Wir fühlten uns mit diesen Vorsichtsmaßnahmen sehr wohl. In Restaurants gingen wir nur essen, wenn ein Außenplatz frei war.

Dann plötzlich gab es in unserem Department Hérault eine Reisewarnung. In einer nahen Stadt hatten sich in einem Nachtclub zahlreiche Besucher mit dem Corona-Virus infiziert. Es bedeutete, dass wir uns nach unserer Heimreise sofort auf das Corona-Virus testen lassen mussten und zwei Wochen in Quarantäne sollten, zumindest bis das Ergebnis des Tests negativ war. Diese ganzen Unsicherheiten, erst keine Reisewarnung, dann plötzlich ein rotes Tuch, machten uns ganz verrückt. Aber wir wussten, dass in dem kleinen Ort, in dem wir Urlaub machten, keine großen Krankheitsausbrüche vorgekommen waren.

Die Tage und Wochen verflogen sehr schnell und wir entschieden uns nach vier Wochen zu unserer Tochter, die damals in Bayern lebte, zu reisen. Sie lebte mit ihrem damaligen Freund auf einem großen Grundstück in einem gemütlichen Haus. Wir wollten uns erst einmal testen lassen, bevor wir näheren Kontakt mit den Kindern hatten. Unsere Tochter machte für uns einen Termin bei ihrer Hausärztin, die noch am selben Tag einen PCR-Test mit uns machte. Das Ergebnis sollte bereits am nächsten Tag vorliegen. Bis dahin legte uns unsere Tochter Lebensmittel vor die Tür. Es stimmte mich sehr traurig, dass wir unser Kind nicht in die Arme nehmen durften, aber wir wollten kein Risiko eingehen.

Wir wussten jedoch ganz sicher, dass wir uns nicht infiziert hatten, da wir mit niemandem Kontakt hatten und uns auch in keinem Restaurant oder einer Bar in Innenräumen aufgehalten hatten. Und so war es auch: Am Abend des nächsten Tages lag das negative Testergebnis vor, und wir konnten noch eine entspannte Woche in Bayern verbringen, in einer Gegend, in der Freddy und ich selbst einmal lebten, als wir gerade ein frisch verliebtes Paar waren. Es war kaum zu glauben, dass unsere Tochter nun genau in dem Ort lebte, in dem wir unser erstes Haus kaufen wollten. Es war gescheitert, da die Immobilie in einem Wochenendgebiet lag. Die Gefahr schien groß, dass eines Tages verboten würde, dort dauerhaft zu wohnen. Doch jetzt wussten wir, dass dieses Szenario nie eingetreten war. Diese Gegend wurde ein normales Wohngebiet.

Es war eine sehr schöne und vertraute Zeit mit unserem Kind und ihrem netten Freund. Nie zuvor waren wir als Familie so weit voneinander getrennt. Wir genossen jeden Tag, unsere Tochter kochte ausgezeichnete Gerichte für uns. Die Woche verging wie im Flug, und traurig nahmen wir Abschied. Wir mussten nach Hause. Nur noch eine Nacht auf einem Campingplatz, dann hatten wir wieder viel Platz. Nach einer Woche stand der blankgeputzte und aufgeräumte Campingwagen auf unserem Grundstück und wurde mit seinem Abdeckcover geschützt. Wieder war ein Urlaub zu Ende.

Im Laufe des Jahres gab mir mein Mann zu verstehen, dass wir auch gerne mal wieder in den Urlaub fliegen könnten. Ich hörte wohl nicht ganz recht. Er betonte, dass ich etwas Schönes in der Karibik suchen könnte. Ich überlegte nicht lange und durchforstete das Internet. Da gab es tolle und noble Unterkünfte. Sollte es in Kuba, Jamaika oder Martinique sein? Die Preise waren alle ganz ähnlich und zwar sehr gepfeffert. Nein, das wollte ich nicht. Um einen schönen Strand und ein tolles Hotel zu haben, musste man nicht um die halbe Welt reisen und dann noch Unsummen ausgeben, dass ginge auch günstiger.

Mallorca „All In"

Das Jahr 2022 war geprägt von vielen Ereignissen. Durch den schrecklichen und grausamen Ukraine-Krieg, die Gasverknappung, die Inflation und die stetige Zinssteigung liefen die Geschäfte stark schleppend bis gar nicht. Auch die Verteuerung von Baumaterialien und Lieferengpässe derselben ließen die Kunden vor einem Immobilienkauf zurückschrecken. Zum Glück hatte ich zwei Familien, die für die letzten zwei Häuser, die ich im Vertrieb hatte, gerade von ihren Banken geprüft wurden. Die Prüfungen erstreckten sich über Wochen, und doch hatte es bei beiden Häusern geklappt. Darüber war ich doch sehr erleichtert, denn ich wusste nicht, wann ich das nächste Haus in mein Angebot bekommen und dieses auch erfolgreich verkaufen könnte. Der ganze Stress, die Unsicherheit nagten an mir. Mein lieber Mann Freddy hatte eine riesige Baustelle zu bewältigen und zwar völlig auf sich alleine gestellt. Fachkräftemangel war schon die letzten Jahre immer ein Thema, aber dass man nun keinen Bauhelfer, selbst mit übertariflicher Bezahlung, mehr finden konnte, war sehr traurig. Aus diesem Grund musste Freddy alleine arbeiten.

Wir hatten dann die Idee, unseren geplanten Campingurlaub auf den Herbst zu verschieben und für ein paar Tage einen Pauschalurlaub nach Mallorca zu buchen. Ich dachte immer, dass ich dort eher Halbpension buchen müsste, aber zu meiner Überraschung boten die schicken Hotels alle All-Inclusive an. Das war für uns eine wünschenswerte Aussicht auf einen erholsamen Urlaub. Wir buchten 10 Tage und stellten erfreut fest, dass wir von unserer Stadt Lübeck, statt wie sonst von Hamburg aus, fliegen konnten. Der Lübecker Flughafen stand immer mal in den Schlagzeilen. Mal sollte er verkauft werden, mal geschlossen werden. Dass er für uns jetzt zur Verfügung stand, war eine große Freude. Das Reisebüro schickte ein paar schöne Hotels. Wir entschieden uns gemeinsam für ein Hotel im Zentrum und in Meeresnähe von Cala Millor. Schnell wurde gebucht.

Am 8. Juni ging es los. Kein aufwendiges Packen und Einräumen des Campingwagens, jeder hatte nur einen Koffer und Handgepäck – das ging schnell. Der kleine Lübecker Flughafen war übersichtlich, nicht mit Menschen überfüllt. Mit einer mir unbekannten Fluggesellschaft, die aus

Kroatien stammte, ging es los. Die engen Flugsitze waren sehr unbequem. Es gab noch nicht mal ein Glas Wasser auf diesem Flug. Für alles musste bezahlt werden. Aber was soll's, in zweieinhalb Stunden waren wir schon in Palma. Mit dem Bus ging es mit eineinhalb Stunden Fahrt zu unserem Zielhotel. Wir genossen die Fahrt durch die schöne spanische Landschaft. Es war schön, dass mein Mann sich auch einmal fallen lassen konnte und keine anstrengende Campingfahrt bewältigen musste. Unser Hotel war ansprechend und sehr sauber. Fröhlich gingen wir hinein.

Wir checkten ein und wurden von einer sehr jungen, freundlichen Angestellten begrüßt. Sie forderte sofort 80 Euro Kurtaxe von uns. "Toll, damit hatten wir nicht gerechnet. Das hatte uns niemand erklärt!" Zähneknirschend bezahlten wir die geforderte Summe. Leicht angesäuert zogen wir in den 5. Stock.

Kurz vor unserer Tür kam uns ein gepflegtes, älteres Paar entgegen. Etwas zynisch sagten sie: "Viel Spaß in dem Backofen. Die Klimaanlage ist defekt. Wir haben zwei Wochen wie die Affen geschwitzt." Betroffen hörten wir das Gesagte, wollten uns aber nicht gleich negativ anstecken lassen. Vielleicht funktionierte ja nur ihre Klimaanlage nicht und unsere würde schon gehen.

Angekommen im Zimmer fühlten wir uns wie in einem feuchten Backofen. Das Zimmer und das Bad waren ganz neu saniert worden, sehr groß und modern gestaltet. Aber die Hitze war kaum auszuhalten. Freddy versuchte die Klimaanlage zu starten, aber sie funktionierte nicht. Ein kurzer Blick in die Öffnung für die Klimaanlage zeigte, dass gar keine installiert war. Das war eine wirkliche Enttäuschung, denn wir buchten ein Luxushotel, selbstverständlich mit Klimaanlage.

Wir rissen die Balkontür auf und dachten, dass wir hier oben nachts mit offenem Fenster schlafen könnten. Gleich neben uns erschien eine etwas unsympathische Frau. Sie begrüßte uns überschwänglich, und in dem Moment wusste ich, dass sie uns eifrig Negatives zu berichten hatte. Ich wollte das nicht hören, aber als ihr Mund erst einmal aufging, fing das Grauen an.

"Ja, wisst ihr, die Klimaanlage geht nicht, und bei offenem Fenster kann man hier nicht schlafen. Die Musik aus der britischen Sportsbar gegenüber ist bis 5 Uhr morgens so laut, dass man hier im Zimmer mittanzen kann. Schlafen, das kann man hier absolut nicht."

Entsetzt fragte ich, ob man ihnen kein anderes Hotel angeboten hatte. "Ja, das haben sie. So einen alten Bunker in der Innenstadt mit ganz gruseligem Publikum. Da wollten wir nicht hin."

In mir drehte sich alles, ich schob meinen geschockten Mann vom Balkon. Die Frau rief uns aufdringlich nach: "Mit Ohropax geht es einigermaßen." Beschwichtigend riet ich meinem Mann, die Nacht erst einmal abzuwarten. Ich räumte die Koffer aus, und wir duschten.

Kurz vor 21 Uhr gingen wir zur Rezeption und beschwerten uns über die fehlende Klimaanlage, die schließlich mitgebucht wurde.

Die junge Frau wehrte alle Vorwürfe von sich ab und verwies uns auf ihre Chefin, die morgen erst im Haus sein würde.

Wir gingen zum Abendessen. Der Saal war bereits geschlossen, aber man erlaubte uns noch, vom Buffet Speisen zu holen. Wir hatten einen derartigen Hunger, dass wir im Eilverfahren alles Mögliche an unseren Tisch holten. Zahllose Teller säumten den kleinen Tisch. Das Essen schmeckte ausgezeichnet, und sogleich ging es uns besser.

Wir schlenderten ein wenig herum und tranken in der Bar noch einen leckeren Absacker. Dann gingen wir schlafen, denn wir waren sehr erschöpft.

Kaum im Bett wurde die Musik um ein paar Oktaven lauter gestellt. Entsetzliches Singen und Kreischen aus der britischen Sportsbar, in der offensichtlich ein Karaoke-Abend stattfand, schrillte in unsere müden Ohren. Wir versuchten, das Fenster zu schließen. Es war unmöglich, das Zimmer verwandelte sich sofort in einen Backofen.

Ich hielt mir die Ohren zu. Endlich, gegen 5 Uhr, hörten das schreiende Singen und die Musik auf. Zeitgleich eröffneten sich die Sprinkleranlagen. Etwa eine Stunde später kam der Gartenservice mit dem Rasenkantenschneider und dem Rasenmäher.

An Ruhe und Schlaf war in diesem Zimmer nicht zu denken. Wütend und erschöpft gingen wir am Morgen zur Rezeption. Hier wollten wir nicht bleiben. Aufgebracht erklärten wir dem nun neuen Rezeptionisten unsere missliche Lage und die Tatsache, dass wir die fehlende Klimaanlage auf keinen Fall tolerieren würden.

Grinsend und völlig ruhig wies er uns auf unsere Reiseführerin von Alltours hin. Sie wäre für solche Beschwerden zuständig, denn er könne uns nicht helfen.

Die Reiseführerin saß an einem Schreibtisch gegenüber der Rezeption. Eine riesige Schlange von ca. 30 Menschen stand bereits an. Wir entschieden erst einmal, frühstücken zu gehen, denn sie würde noch ca. 2 Stunden vor Ort sein.

Das Frühstück war himmlisch. Wir genossen den Luxus von Pancakes, Eiern, Schinken und frischen Früchten. Wir durften einfach nur essen und genießen. Keinen Tisch decken, keinen Abwasch, herrlich. Doch unser Problem war leider noch nicht gelöst.

Mit hängenden Schultern liefen wir erneut zu der Reiseführerin. Eine kleine Gruppe von ca. 6 Leuten stand um sie herum und diskutierte. Es ging erwartungsgemäß um die fehlende Klimaanlage und die Umbuchung in ein anderes Hotel. Schlagartig fielen mir die Worte der Frau auf dem Balkon ein: "alter Bunker, laut, Lage in der Stadt, weit weg vom Strand."

Jetzt klopfte mein Herz wie verrückt. Wir hatten uns doch so auf ein paar erholsame Urlaubstage gefreut. Zwei der Diskutierenden unterschrieben die Umbuchung in das andere Hotel.

Ich schob Freddy beiseite und bat ihn, dass wir uns das andere Hotel erst einmal anschauen würden, bevor wir jetzt umbuchten. Nicht vom Regen in die Traufe. Freddy, der sehr wütend war, erhob seine Stimme und fragte, warum denn niemand den Reisenden vorher erklärt hatte, dass die Klimaanlage defekt sei. Das sei Betrug an den Urlaubern, da das Hotel davon seit Monaten wusste. Er betonte lautstark unsere Befürchtung, in ein drittklassiges Hotel abgeschoben zu werden.

Das werde er unter keinen Umständen tolerieren. Die Reiseführerin erklärte lapidar und auch mit lauter Stimme: "Zuhause hat man ja auch keine Klimaanlage. Sie hätte in Mallorca auch keine Klimaanlage in ihrer Wohnung." Dabei blickte sie eine der Reisenden namens Heike an. Heike war genauso gestresst wie wir und hatte ebenfalls die ganze Nacht kein Auge zu gemacht.

Heike hatte nur darauf gewartet, jetzt legte sie los: "Sie brauchen gar nicht die Stimme zu erheben, sonst erhebe ich meine mal." Das war herrlich, ich liebe es, wenn gesächselt wird. Sofort war mir Heike sympathisch. Eine Frau, die sich nicht die Butter vom Brot nehmen ließ.

Die Reiseführerin bot uns ein anderes Hotel aus der gleichen Kette All Sun an. Wir besprachen mit ihr, dass wir uns dieses Hotel erst einmal ansehen und dann entscheiden würden, ob es für uns in Frage kommen würde. Gesagt, getan, wir liefen in der Mittagshitze zum Hotel.

Ich fühlte mich gestresst und genötigt und stritt mit Freddy herum. Bei dem Hotel angekommen, waren wir erst einmal angenehm überrascht. Das Hotel lag direkt am Meer und machte einen sehr gepflegten Eindruck. Die Angestellten an der Rezeption waren sehr hilfsbereit und freundlich. Wir fragten, ob wir ein Hotelzimmer anschauen dürften. Sehr engagiert schaute die freundliche Dame im Computer und gab uns eine Karte für ein Zimmer im 1. Stock.

Wir inspizierten das Zimmer, fanden, dass es kleiner als unser ursprüngliches Zimmer war, aber es war brandneu saniert, blitzsauber und weit weg von irgendwelchen Bars oder Kneipen. Das Hotel lag etwas außerhalb, eingebettet in schöner Natur und direkt am Meer. Wir waren begeistert und sagten der Reiseleitung sofort zu.

Sie erwähnte noch, dass dieses Hotel um Klassen besser sei wegen der direkten Meereslage und und und... Wir unterschrieben der unsympathischen Dame von Alltours einen Vertrag der Umbuchung und den Ausschluss von Beschwerden.

Und dann ging es los: Koffer packen, die Hotelsteuer zurückbekommen, die Koffer den gefühlt sehr langen Weg durch die Hitze fahrend, mit Handgepäck und Schweißperlen auf der Stirn. Ich fluchte wie ein Rohrspatz.

Im neuen Hotel angekommen, fing der Urlaub sofort an. Man war von allen Seiten sehr bemüht, uns mit Freundlichkeit und einem tollen Service zu verwöhnen. Wir tranken erst einmal Kaffee und erfreuten uns an dem herrlichen Blick auf das Meer. Kurze Zeit später trafen wir Heike und Sven, die netten Sachsen, und noch ein anderes Paar von unserem 1. Hotel. Das war eine große Freude, denn von nun an saßen wir oft zusammen.

Auch ein holländisches Paar aus dem anderen Hotel schloss sich uns an. Ein Sturm ein paar

Wochen früher hatte den Strand des Hotels mächtig durcheinandergebracht. Doch das störte uns nicht, denn das Wasser war karibikblau. Am Strand konnte man sich Liegen und Sonnenschirme mieten.

Das war ein Urlaub, den ich mir wünschte und wünsche. Morgens gingen wir gut gelaunt zu dem üppigen, herrlichen Buffet und aßen allerlei Gesundes und Ungesundes. Danach spazierten wir eine Stunde, dann ging es zum Strand. Ich hielt mich stundenlang im wunderschönen Wasser auf und bekam einfach nicht genug.

Später ging es zur Salatbar, dann zum Pool. Zum Café trafen wir uns an der Strandbar mit unseren neuen Freunden. Das war erfrischend und lustig. Wir hielten uns die Bäuche vor Lachen. Einer unserer Bekannten in der Runde konnte so herrlich Witze erzählen.

Abends verabredeten wir uns regelmäßig und schlenderten gemeinsam durch die Innenstadt. Dort fanden wir trendigen Schmuck, schicke Kleidung und riesige Sonnenbrillen. Viele Bars luden Vorbeischlendernde durch laute Musik,

Karaoke oder romantischen Flair zum Verweilen ein.

Wir wählten die lauteste Bar mit einem sehr bekannten Discjockey, der es verstand, sein Publikum zu begeistern. Wir sangen laut mit, klatschten, lachten und schlürften eiskalte Sangria. Es war eine unbeschwerte und herrliche Zeit.

Viel zu schnell endete der Urlaub. Auf der Rückreise bekamen wir mit, dass viele Urlauber erkrankt waren. Sie husteten, schienen schwer erkältet oder hatten Corona. Durch die Masken hatten wir zwei Jahre lang keinerlei Erkrankung, nicht mal die kleinste. Mir erschien das sehr gefährlich, denn das Immunsystem muss immer trainiert werden, um auch größere Erkrankungen bewältigen zu können.

Zwei Tage nach unserer Rückreise fühlte ich mich krank, schwer krank. Ich bekam hohes Fieber, mein Herz raste. Mir war schlecht, meine Lunge schmerzte, ich hatte Husten. Einen Tag später hatte Freddy die gleichen Symptome. Wir lagen völlig erschlafft im Wohnzimmer. Unsere

Kinder versorgten uns mit Lebensmitteln, unsere Tochter gab uns einige Corona-Tests.

Die Testergebnisse waren stets negativ. Nach einer Woche ging ich zum Arzt, um abklären zu lassen, ob es sich bei unserer Krankheit nicht doch um Corona handelte. Mir ging es ein wenig besser. Das Fieber war verschwunden, aber die anderen Symptome wie Husten, Lungenschmerzen, Kopfschmerzen, grässliche Magenschmerzen und Brechreiz hielten an.

Meine Ärztin untersuchte mich vollverhüllt und nahm mir Blut ab. Sie verschrieb mir Antibiotika, auch für meinen Mann, der die gleichen Symptome hatte. Nach zwei Tagen erfuhren wir, dass ich nicht am Corona-Virus erkrankt war. Das Antibiotikum half augenblicklich. Schon nach drei Tagen fühlte ich meine alte Kraft zurückkommen. Mein Mann hatte das Antibiotikum nicht eingenommen, aber auch er fühlte sich etwas besser.

Doch nach weiteren zwei Tagen erkrankte mein Mann sehr schwer an einem Brechdurchfall. Er konnte drei Tage lang gar nichts bei sich behalten. Ich rief den Krankenwagen an. Leider konnte der Rettungsdienst nichts machen. Effektive Behandlungsmittel waren vom Etat gestrichen. Mein Mann war noch bei Bewusstsein, also nahmen sie ihn auch nicht mit. Das war ein sehr verstörendes Erlebnis. Ich saß weitere zwei Tage besorgt an seinem Bett, versuchte ihn zur Suppe zu bewegen. Er hatte sich Buchstabensuppe gewünscht, doch essen wollte er sie nicht. Ich wurde extrem wütend auf ihn, versuchte ihn zum Essen zu zwingen. Er sah entsetzlich aus, ganz ausgemergelt.

Dann rief ich meine Ärztin an und bat sie zu kommen. Da sie keine Hausbesuche machte, gab sie mir ein Rezept, dass mein Mann möglicherweise vertragen könnte, mit einem Antibrechmittel. Gesagt, getan. Ich zwang meinen Mann eine Brühe aus Orangensaft, zerdrückter Banane, Mineralien und Antibrechmittel löffelweise zu essen. Es klappte. Zum Glück wurde er wieder gesund.

Wir waren beide noch nie im Leben so unsagbar krank gewesen. Ich bin mir sicher, dass es an der Maskenpflicht lag.

Was nun kann ich empfehlen? Camping oder Hotel-All-In? Ganz einfach - beides.

Für einen langen Urlaub, sagen wir mal vier bis acht Wochen, kann Campen eine wirklich herrliche Erfahrung sein. Die anstrengende An- und Abreise kann man dabei eher in Kauf nehmen. Beim Campingurlaub sieht und erfährt man selbstverständlich sehr viel mehr als bei einem Hotelurlaub. Man lernt verschiedene Städte kennen. Wir persönlich erkundeten alles mit unseren Rädern, was natürlich, ganz nebenbei, ein gesunder Sport ist.

Beim Campen ernährten wir uns sehr gesund. Wir gingen selten essen und genossen unsere Mahlzeiten auf unserem "Platz". Dabei empfanden wir Ruhe und Entspannung. Nicht zu vergessen ist aber auch, dass man immer Arbeit hat. Kommt z.B. ein Sturm auf, muss man nachts in Windeseile aufstehen und die beschwerliche Markise einrollen, Stühle und den Tisch in Sicherheit bringen usw.

Man muss einkaufen gehen, kochen, grillen und bratschen. Nach jedem Essen fällt Geschirr an, da heißt es zum Spülen gehen. Bei den meisten Campingplätzen erledigen das die Männer, meiner tat es auch. Man sollte seinen Vorzeltteppich ständig kehren, den Wohnwagen täglich aussaugen, insbesondere, wenn man auf sandigem Gelände steht. Es ist zu vergleichen wie ein normaler Alltag zu Hause, nur an einem anderen Ort, mit minimalistischem Wohnraum.

Die Enge des Wohnwagens, die geringe Rückzugsmöglichkeit fördert Konflikte. Man gewöhnt sich aber daran und wir empfanden nach dem Urlaub noch eine stärkere Bindung zueinander.

Der Hotelurlaub eignete sich für uns am besten für ein bis zwei Wochen. Einfach mal entspannen, sich bedienen lassen, am Strand oder Pool liegen, die Sonne genießen und auftanken. In so einem Urlaub fanden wir immer lustige Gesellschaft in unserem Alter, was ich beim Campen sehr vermisste. Wir hatten stets viel Spaß und lachten, bis uns die Bäuche schmerzten. Wir brauchten uns um nichts zu kümmern. Meinem Mann wurde es manchmal langweilig, er empfand das viele Essen als Belastung, da er durch die Vielzahl der Speisen und Angebote verführt wurde, weit mehr zu schlemmen als sonst. Mir gefiel gerade das schöne Buffet, einfach nur wunderbares Essen auszuwählen, kein Kochen, Tisch decken, abräumen und Spülen. Für mich war das herrlich, ein purer Genuss.

Die Einzigartigkeit eines Menschen in Einklang zu bringen, mit einem gemeinsamen schönen Urlaub als Paar, ist gar nicht so einfach. Kompromisse waren bei uns die Lösung. Jeder kam auf seine Kosten, indem der andere auch mal mit seinen Wünschen zurücktrat.

Herstellung und Verlag: BoD – Books
on Demand, Norderstedt
ISBN: 9783755751472